［日］四季大雅 著

陈忠胜 译

我想成为你的眼洞

国际文化出版公司
·北京·

图书在版编目（CIP）数据

我想成为你的眼泪 / （日）四季大雅著；陈忠胜译
. -- 北京：国际文化出版公司, 2023.11（2025.7 重印）
ISBN 978-7-5125-1571-0

Ⅰ. ①我… Ⅱ. ①四… ②陈… Ⅲ. ①长篇小说 – 日
本 – 现代 Ⅳ. ① I313.45

中国国家版本馆 CIP 数据核字 (2023) 第 140394 号

北京市版权局著作权合同登记 图字 01-2023-4081

我想成为你的眼泪

作　　者	［日］四季大雅
译　　者	陈忠胜
责任编辑	侯娟雅
责任校对	崔　敏
策划编辑	胡　琪
出版发行	国际文化出版公司
经　　销	国文润华文化传媒（北京）有限责任公司
印　　刷	嘉业印刷（天津）有限公司
开　　本	787 毫米 × 1092 毫米　　　32 开
	11.5 印张　　　172 千字
版　　次	2023 年 11 月第 1 版
	2025 年 7 月第 7 次印刷
书　　号	ISBN 978-7-5125-1571-0
定　　价	52.00 元

国际文化出版公司
北京市朝阳区东土城路乙 9 号　　　　　邮编：100013
总编室：（010）64270995　　　　　　　传真：（010）64270995
销售热线：（010）64271187
传真：（010）64271187–800
E-mail：icpc@95777.sina.net

目 录

contents

这是一个从眼泪始，由眼泪终的故事。

序章

向着海底、向着过去，我写下了这个故事——

我来到了福岛县相马市的一处港口。

刚一下车，大海的味道便扑面而来。海风吹送着远近堆叠而起的滔滔海浪声。阴天之上是一簇白点，春鸥寂寥地鸣叫，积雪仅剩一片残痕，三月依旧是春寒料峭。海风吹拂着还残留着地震余殃[1]的冷清港口。

儿时玩伴清水在一艘漂浮于海面的小船上等待着我。尚在远处时，我便能一眼望见身形壮硕的他，船

1　311 日本东北部大地震。

只和清水比起来显得莫名小巧。清水比以前魁梧了不少，就像是一头动作迟缓的熊迷失在了港口。我走到清水身旁，他才终于发现了我，他爽朗的笑容堪比七福神里的惠比寿[1]。清水是一个和蔼可亲、神色温柔的人，和他的壮硕体格并不相符。

"小云！"

清水大声地呼喊着我的名字。他动作麻利地从船上爬到码头，向着我跑来，顺势用力地抱住了我。这看上去就像是"普通人遭到了熊的袭击"。清水从小就是这样，肢体接触相当激烈。可是对我来说，他这动作虽然夸张，却饱含温暖的情感，我很是怀念，也很是高兴。

"好久不见，清水。"

我和清水紧紧相拥，拍了拍他那已经发福了的软乎乎的侧腹。

---

1 七福神是日本神话中来自不同宗教的主持人间福德的七位神明。惠比寿是商业之神，也是七福神中唯一的日本本土神明，其特征是笑容满面、慈和富态。

清水终于松开了我，他眼神流转，说道：

"在那之后，已经过去四年了呢。"

"是啊，已经四年了……"

一想到那些已然逝去的漫长时光，我的眼中便泪光闪闪。

清水坐进了小船带篷顶的驾驶室中。我把行李箱当作椅子，坐在他的身后，怀里小心翼翼地抱着装有易碎品的箱子。船只随着引擎的轰鸣声向前驶去。深蓝色的大海反射着有些沉重的金属光泽，我们在白沫飞溅的海浪中前进。随着小船越开越远，港口在海平线上被拉得细长，失去了轮廓，取而代之的是巍然的阿武隈高地黑色波浪状的棱线。

约莫四十分钟的航程后，船停了下来。周围空无一物，只有浩瀚无垠的大海向着四周延伸。我们通过手机的 GPS 确认了一下经纬度。

北纬 37°49.99′，东经 141°9.41′。

这与我们事先向福岛渔联询问的地点完全一致。

我们开始做下潜的准备。穿上潜水服，戴上面罩，装上脚蹼，背上氧气瓶。为了今天，不久前我特地在冲绳考了开放水域进阶潜水员资格证。清水在这方面经验颇多，为我检查好了装备。

清水威猛地跳进了海里，让我回想起了游泳课。小时候，清水是第一个跳进泳池的人，如同天使般胆大。而我却如同恶魔般小心，或者说只是单纯胆子小。我用脚尖轻轻碰了碰水，水温比我想象中要高一些，但瘦弱的我还是顿时发起了抖。

清水游到我旁边，有些担心地问道：

"没事吧，小云？你嘴唇都已经发紫了。"

"都发紫了吗？"我的身子虚弱得让自己都觉得丢人，"不过应该没事的。"

即便隔着护目镜，我还是读出了清水脸上怀疑的神色。

"那就出发吧。我先往下潜，你跟在我后面。"

清水叼着呼吸调节器，动作优美地潜了下去。我笨拙地跟在他身后。

大海是一片蔚蓝的世界。

因为水面的阻隔，涟漪逐渐远去，唯独呼吸声以及呼出来的气泡声格外明显。

清水已经往下潜了五米，我跟在他身后，离开了闪烁着斑驳光影的海面。才刚往下潜了一米，我就已经做了第三次耳压平衡。第一次是刚入水的时候，第二次是开始潜水之后。

由于天气阴沉，海里的视野比较糟糕，我看不见鱼群的身影。而不断下潜的清水，恍若一条巨大的云纹石斑鱼。我有些害怕跟丢，便小心翼翼地跟随着那袅袅升腾的银白色泡沫，就像是跟随着月光下的小石头回家的汉赛尔与格莱特[1]。

随着下潜深度的增加，视野中的蓝色也随之变得深邃起来。

在幽暗的寂静中，有机物碎屑如同倒逆的雪花般纷纷扬扬。

我想，就像是盐晶体一样。

盐——对大部分人来说不过是一种调味料，只是

---

1 汉赛尔与格莱特是《格林童话》中的一则寓言故事主人公，故事讲述了这两个孩子在森林中迷路后，遇到了一个恶毒的女巫，但他们最终通过机智和勇气成功逃脱，回到家的故事。

装在小瓶子里的带有咸味的白色颗粒。盐能让美中不足的沙拉变得更加可口，也能更加凸显出西瓜的甜味，是生活中的必需品。

可是，盐对我来说是更加特别的存在——它是死亡，是时间，是生命。

我所遇到的那坎坷的命运，造就了我对盐如此特别的印象。

随着越潜越深，那些过去自然而然地浮现在了我的脑海中。我的心回到了十五年前——回到了我还在念小学三年级的时候，音乐开始在海上飘荡。

那是优美的钢琴声——弗里德里克·肖邦练习曲《离别》。

这是一个从眼泪始，由眼泪终的故事。

　　　　　　　　我想成为你的眼泪

"我叫五十岚摇月，写作'摇曳之月'的摇月。"

"我叫三枝八云，写作'八重之云'的八云。"

1

"令堂的诊断结果是盐化病。"

坐在圆椅上的医生这样说道。他看起来像是二十岁出头，又像是奔四的人。鉴于眉眼间稚气尚存，我不太能看出他的真实年龄。那方形的黑框眼镜后面是一双浑圆的眼睛，粗犷的眉毛有气无力地耷拉着。

"这种病会让身体由末端开始一点点地被置换为氯化钠。"

我不太能理解医生的话，有些迷惑地望向他身后的护士。为了对上我的视线，她蹲下身来说道：

"你妈妈的身体会从手指和脚趾开始慢慢地变成

盐，最后分崩离析。"

化着淡妆的漂亮护士做了个手势。她把右手比作菜刀，从左手的指尖开始，一点点地切了下去。而她的右手最后停在了心脏上面。

我呆呆地凝望着她的手。等到终于理解发生了什么之后，我问道：

"妈妈……是要死了吗？"

医生终于开始面露难色。他像是一条鱼，下嘴唇向前突出。

那是无言的肯定。我难以接受现实，问道：

"全身都会变成盐？这到底是为什么……"

医生依旧一脸为难，用右手中指揉搓着自己的下嘴唇。

"人的身体主要由氢、氧、碳、氮、磷、硫构成。不过也有说法认为是由原子构成。至于为什么会变成氯化钠——"

护士打断了医生的话。

"这种事情还没有人知道呢。因为这是一种很罕见的病，病例在世界范围内也屈指可数。世界上存在着许多原因不明的疾病。"

"那不能治吗？"

沉默悄然降临。医生甚至连眼睛都没有眨一下，就像是一条装睡的鱼。

我回到了位于一楼的病房。母亲就住在那里。

母亲正凝望着西向的窗外景象。整扇窗像是一个美丽的画框，大花四照花在其中灼灼盛放。风从窗外缓缓地吹了进来，白色的花儿也随之摇曳身姿。下午三点的暖阳为母亲那稀薄的头发染上了淡淡光亮。

母亲注意到了我，转过身来。她的表情，看上去像是个要被训斥的女孩。我坐到床边的圆椅上，双手握拳放在膝盖上面。

"为什么不早点告诉我呢？"

我的声音中带着怒气。面对这太过突然的真相，我手足无措，甚至控制不住自己的情绪。

"……对不起。"母亲向我道歉，只说了这句话。

她只是想尽量不让我受到伤害。这点事情我还是知道的。因为她是一个心思细腻、极尽温柔的人。有好吃的东西，母亲总是以我为先，忽略了自己。要是会伤害到他人，还不如自己默默地消失——母亲就是这样的人。她的温柔甚至有些残酷。

"让我看看你的手。"

母亲挽起了病号服的袖子。我屏住了呼吸。

她已经失去了半截手臂，截面上覆盖着大片的水晶状物质。我的手指触碰着床单，传来些许粗糙的触感。我定睛一看，指尖上沾着白色的颗粒。

盐晶体……

我终于真切地感受到，母亲会变成盐，不久后她便会失去生命，化作床单上的点点粗糙颗粒。而那阵吹动大花四照花的风，会把母亲吹向远方……

我哭了。我一边哭，一边抱住母亲。

"妈妈……你很疼吧，你一定很疼吧……"

母亲的腹部传出了沉闷的声音，我知道，那是她在哭。冰冷的泪珠滴落在我的后脑勺上。

"妈妈不疼哦……妈妈一点儿也不疼的……"

母亲说着，不停地扭动着身体。那是无比悲伤的扭动。

她想要抱我，可是她的手已经够不到了……

2

我就读于福岛县郡山市的樱之下公立小学。

校园里四处都种着樱花树，仿佛要将整座学校包围起来。每年春天，樱花树都会开出鲜艳的花儿，当地的人甚至还会专程过来赏樱。

我独自漫步在放学后的校园里，同学们都回家去了，四周一片寂静。我走在仿佛要将蓝天点燃的绚烂樱花道下，一圈又一圈地在学校里闲逛。莺啼声、樱花色都未曾在我魂不守舍的心中留下痕迹。向阳处与那斑驳的树影之间细微的氛围差异，微弱得如同遥不可及的回忆。

不知道在逛到第几圈的时候，我突然间听到了音乐声。

那是钢琴的声音——

演奏也许刚刚才开始，也有可能早就已经开始了，只是我到现在才发现而已。校舍的外墙在湛蓝透亮的天空下闪耀着白光。我抬起头来，仰望着三楼的音乐教室。樱花花瓣在风中翩翩起舞。

多么美丽的演奏。也许这是我有生以来第一次感受到音乐之美，仿佛"如听仙乐"，世界的绚丽多彩在我心中绽放。

我在原地呆立了一阵，像是身体麻痹了那般。

过了一会儿，我走向了音乐室。绕过楼梯口，换上室内鞋，爬上被太阳晒得暖洋洋的楼梯。不可思议的是，教学楼里并没有人。宛若热闹非凡的大海在顷刻间变得空无一物。

我穿过有些昏暗的走廊，站在音乐教室的门前，滑动门的小窗上挂着一块黑漆漆的遮阳帘。

我犹豫着要不要把门打开——我是不请自来的。但是，我无论如何都想要一睹演奏者的真容。于是，我小心翼翼地拉开了门，努力不发出一点声音。

三角钢琴在音乐教室左手边的尽头，而演奏者刚好坐在阴影处，我看不太清她的面容。唯独可以看清的是一双纤细的小脚在踩着钢琴的踏板。我蹑手蹑脚地朝着钢琴的方向走去——曲子刚好进行到高潮部分，这让我有些不安。

等到曲调再次变得平和下来，我终于看清了演奏者的脸。

只此一瞬，我的目光就被俘虏了。

演奏者是一位美丽的少女。

刘海整整齐齐地垂在眉毛附近，下方修长的睫毛梦幻般地低垂着，少女沉浸在演奏中。饱含着樱花香的风轻轻吹起少女柔亮的黑色长发。从窗边投射进来的一抹斜阳透过她雪白的肌肤，在她那粉色的嘴唇上点缀成一颗小小的珍珠。少女身穿一条天蓝色的连衣裙，身姿纤细——宛若春日蓝天的一角随心地降临到了人间。

——少女结束了演奏，恰如风止。

阳光明媚的时间悄然流逝，窗外又一次传来了黄莺的啼叫声。

少女明眸启张，那双大大的杏仁眼望向了我——仿佛寄宿着两团火焰，又宛若盛开着两朵鲜花，炯炯有神。

时间仿佛都停滞了。我们究竟相互对视了多久呢。

我想成为你的眼泪

"你弹琴真好听。"

我终于回过神来，可却只能说出这样的一句话。

"……谢谢。"

少女有些疑惑，不过旋即便莞尔一笑。我也朝她露出了微笑。少女从椅子上微微探出身子，说道：

"我刚才看见你了，还觉得你是个怪人来着。"

"怪人？"

"你不是在学校里绕圈吗？"

我尴尬地笑了。脸颊羞得有些发烫，我心虚地说道：

"我迷路了。"

"那你还真是路痴呢。"

少女甚是滑稽地嬉笑着。她一笑，眼睛就会眯起来，饱满的卧蚕显得很是可爱。她好像突然间来了兴趣，探出身子向我问道：

"所以，你究竟是在干什么呢？我看到你往口袋里塞了些什么。"

在少女那充满好奇的兴奋眼神注视下，我断了想要撒谎的念头。

"那先说好了，我这么做是事出有因的。你能不笑我吗？"

"嗯，不会笑你的。"

少女露出了恶作剧般的笑容，像是掬起一捧清水般伸出了双手。我叹了口气，走到少女身边，将口袋里的东西放到少女的手上。

樱花花瓣纷纷扬扬地落在了少女雪白的手中。

少女呆呆地注视着我的眼睛。

3

如果要解释我为何要收集花儿，那么就必须追溯到我三岁的时候。

那个时候，我尚且幼稚和柔软的感性被扭曲了，再也无法恢复原状，就像是炽热的玻璃被冷却凝固成了奇怪的形状一般。

而这一切的罪魁祸首，是我的父亲——三枝龙之介。

父亲是一位小说家，世人高度赞扬他"感性独特，文风富有个性，故事线曲折离奇"。这个男人丝毫不介意去碰瓷那位名叫"芥川龙之介"的大文豪，以自己的真名厚颜无耻地进行文学创作。他那桀骜不驯的性格也能通过给自己的儿子取名叫"八云"而窥见一二。

某天黄昏，我和父亲沿着阿武隈河的河畔散步。

"爸爸，你为什么少了一只眼睛呢？"

当时只有三岁的我这样问道。父亲摸了摸自己乱糟糟的胡子，露出了诡异的笑容。

"因为觉得很碍事，所以就亲手把它抠出来了。"

"那……眼睛去哪里了呢？"

"我吃掉了。"

我毛骨悚然地停下了脚步，大叫道：

"你骗人！"

父亲转过身来，走到我身边，蹲到与我视线平行的位置。

"小子，我可没骗你。"

旋即，父亲轻轻地揭开了他右眼上的黑色眼罩。

那小小的漆黑虚无的眼洞，仿佛突然间张开了它的大嘴。

血红色的夕阳没能为那个空洞带来一丝的光亮。

阿武隈河的潺潺流水也好，河面上的潋滟波光也罢，仿佛都被那个空洞尽数吞噬，再也无法归来。

在那个瞬间，我柔软的感性顿时被扭曲了。

我感受到了一种奇妙的疼痛，失去眼球的黑暗让我痛苦不已。

右眼的"虚无"，化作了"伤痛"——

那并不是伤口在痛，而是因为本该在那里的东西丧失了它的存在，也就是说，"空白"使我感到了疼痛。打个比方，自己珍藏的哥斯拉玩偶的尾巴断掉之后，失去那条尾巴后的"空白"会使我疼痛不已，号啕大哭。

在那之后，过了几个月，我从公寓的楼梯上摔了下来。

我当时在连接二楼和一楼的平台上蹲了一阵子。过了一会儿，我强忍疼痛站起身来，独自爬上三楼回到了家。我在洗手间的镜子前端详着自己。左边的额角裂开了，血流如注。把血擦干净之后，伤口深得露出了骨头。

然而，我非常冷静。我沉着地用手指按住伤口，让伤口紧密地贴合在一起。

　　　　　　　　我想成为你的眼泪

果然，我没有任何的残缺。

伤口紧密地贴合，"空白"便不复存在。

对我而言，那成了并不真切的疼痛。

用几张创可贴把血止住之后，我松了口气，开始看起了动画片。虽然太阳穴还是有些隐隐作痛，但那仿佛都事不关己，离我万分遥远。

不久后，母亲回到了家，她发出了惨叫。看见我太阳穴上的伤，母亲哭得像个泪人。但我其实并不清楚她为什么要哭，只是看到她哭我也觉得难过，便跟着哭了起来。

哭泣着的母亲和疑惑不解的我——这一构图随着母亲罹患盐化病，发生了反转。

面对母亲失去手脚后所产生的空白，我感受到了剧烈的疼痛。

"妈妈……你很疼吧，你一定很疼吧……"

可是，母亲却不懂我为何会感到疼痛，只是因为看到我哭，自己也难过地哭了而已。

"妈妈不疼哦……妈妈一点也不疼的……"

母亲重复着这样的话，想要抱我，却又够不到……

这种特殊的、不可思议的、幻肢痛一般的感觉使我手足无措。

因为这种感觉原本就是发生在他人身上，抑或是本就不存在的疼痛。可是我却在心中继承了这种疼痛，在隐形伤口持续的疼痛下，我不知如何是好。特殊的伤口需要用特殊的绷带来包扎。而我也终于找到了缓和这种疼痛的方法。

那就是去收集一些能将伤口填满的东西，无论什么东西都可以。树枝可以，漂亮的小石子也可以，甚至就连玻璃碴都可以。

关键在于祈祷。祈祷自己收集来的东西可以填满造成疼痛的伤口，祈祷疼痛可以因此而得到治愈。为此，我虔诚地祈祷着。

面对失去手脚的母亲而感到剧烈疼痛的我，开始寻找能填满那份空白的东西。刚开始，我在教室里四处环顾。老师板书时用的那个大大的三角尺可以吗？不行，因为那会让母亲看起来像个高达。那粉笔呢？或者是某个同学遗落下来的铅笔盒？——就在这个时候，我注意到了校园里盛开的樱花。

沁人心脾的春日蓝天下，樱花的颜色让人眼前一亮。风一吹过，便如四散的火星般飞舞起来。我抬头仰望着的视线，也跟随着花瓣飘落到了脚边。星星点点的花瓣落在树荫里，宛若远山的野火。我小心翼翼地拾起一片花瓣，它并不像看上去那般火热，反而透着丝丝冰凉。将花瓣置于掌心，它那冰冷且沉静的轮廓内侧，却又散发出阵阵温热。

我想，樱花的花瓣也许能填满母亲的空白。它能乘着春风，化作母亲新的四肢，温暖母亲那冰冷的伤痛。

于是，我开始收集樱花的花瓣。我在校园里四处转悠，一片一片地、一点一点地收集着花瓣。

在心中祈祷花瓣能为母亲送上微不足道的治愈，我一路走，一路捡，未曾停歇。

4

我坐在紧挨着钢琴的桌子上，难为情地低头望着自己交叉的双手。当时的我还只是一个天真的孩童，对于诉说出那些故事而羞耻不已。

我说完之后，终于抬起了头。可少女却伏下了脸，那一瞬我好像看到她脸上闪烁着泪光。她是在哭吗？

但少女动作飞快地擦了擦自己的脸，直视着我。她的眼睛有些发红，至于是不是真的流下了眼泪，我到最后也无从得知。

"你还真是——奇怪呢。你会对空白产生疼痛已经足够奇怪了，但除此之外的感性也很不可思议。一般人是不会觉得樱花像火焰的。"

面对少女"奇怪"的评价，我感觉脸上有些发热。当时的我还处在会对自己的"与众不同"而感到羞耻的年纪。少女看我面红耳赤的，连忙解释道：

"不过，我是能理解的。热情似火的花儿——好比红玫瑰和叶子花，每当我想用琴声去表现它们的时候，我就会把它们想象成火焰。所以，也许你只是比一般人更加敏锐吧？就像是我有绝对音感那样？"

"你有绝对音感吗？"

钢琴对面的墙根靠着一把吉他，我站起身来，走过去弹出了一个"la"的音。因为我只知道基础音阶的弹法。

"你知道这个是什么音吗？"少女露出微笑。

"'la'，不过可能有点往'升 sol'偏。虽说是绝对音感，但不知道为什么，我对'la'附近的音阶总是分不太清，就像是被'la'拖住了后腿。"

"但是，你已经很厉害了！"

"你听完我的演奏，觉得怎么样呢？"

"我觉得很棒！"

"我不是想听这个，你能用你那与众不同的话语来表达一下吗？"

我沉思了一会儿，和少女那深邃的瞳孔热烈对望。随后，我说道：

"……我完全感觉不到疼痛。每一个音符都非常优美，就像是有一个为它们量身定做的位置。仿佛从一开始就注定了会是如此……这种感觉是叫什么来着？"

"……命运？"

"嗯。就像是命运在奏鸣。"

"像是命运在奏鸣……"

少女的表情有些惊讶，她重复着我的话。像是把在黑暗中捡到的东西放在手中细细摩挲，探寻着它的真面目一般。

宛若一朵刹那盛放的鲜花，少女露出了笑容。

她有些羞涩地说道："我叫五十岚摇月，写作'摇曳之月'的摇月。你呢？"

"我叫三枝八云，写作'八重之云'的八云。刚才那首曲子叫什么呢？"

"《离别》，是肖邦的曲子。"

这就是我和摇月的初遇。

5

我和摇月约好了第二天也要见面，分开之后，我骑着自行车去了母亲所在的佐藤综合医院。骑了大概有四十分钟，等我到达目的地已是下午五点了。夕阳将医院惨白的外墙染成了橘色。我在自行车专用的停车场把车停好，走进了医院。医院特有的那股消毒水的味道闯进了我的鼻腔。在前台做好登记后，我向着母亲住的 108 号病房走去。

病房里传出了些许对话声，我搭在门口的手僵住了。

我轻轻地拉开滑动门，透过门缝窥视着里面的光景。

"影子"伫立在夕阳西下的病房里。

那是我的父亲——三枝龙之介。自从五岁那年他和母亲离了婚，他在我眼中就变成了影子。这个人高高瘦瘦的，像根竹竿，可又总是驼背，看起来是那么不可靠……

也许这跟他总是穿着黑色的衣服有关。可他会变成影子的决定性理由是他即便离开了家，我也没有因此而感到过什么疼痛。即便是一个大活人消失在了我的生活中，我也只有一些不痛不痒的感觉。我想，也许他从一开始就是影子。

没有实体的、虚幻朦胧的影子。

唯独在阿武隈河河畔看见的那右眼的虚无，于我而言才是真切的。

由于不想见到他，直至夜幕降临"影子"离开为止，我都躲在角落里。对于这个看不清真面目的"影子"，我没有任何想说的话。

6

第二天，上课的时候我一直心不在焉。

一想到母亲的病，我便悲痛欲绝；可是想到放学之后能跟摇月见面，我又莫名地兴奋，难以平静下来。时间在无情剥夺母亲寿命的同时，又将我和摇月撮合在了一起。我处在一种相互矛盾的感情夹缝中，自然无法将精力集中在学习上。

下课之后，我向身后的清水问道：

"清水，你认识三班的五十岚摇月吗？"

清水的反应有些呆滞。我想我可能是问错人了。清水打小就长得人高马大，老实稳重，看起来不像是那种消息灵通的人。可他脸上的惊讶貌似是发自内心的。

"小云，你居然不认识五十岚同学？真的假的？"

看来不谙世事的人是我才对。摇月是个相当有名的人。两岁开始学钢琴，七岁的时候在肖邦国际少年儿童钢琴比赛亚洲赛区夺得小学一、二年级组的金奖第一名。次年，她又在同一比赛中夺得协奏曲 A 组的第一名，成为史上最年轻的获奖者——简而言之，摇月是万众瞩目的钢琴天才。她将来毫无疑问会成为世界级的钢琴家。当然，那个时候的清水就连自己打过多少次本垒打都记不清，因此他也只知道"摇月好像又拿了什么很厉害的奖"。

在惊讶的同时，不知为何我又有些释然。摇月的演奏是如此压倒般出色，就连我这个外行人都能听得出来。

我开始在脑海中描绘出摇月的人物形象。她是"深闺大小姐"：住在白色洋房里，在敞开的窗户对面演奏着优美的钢琴，时而咳嗽两声，是弱柳扶风的高雅大小姐。

而我这种愚蠢、刻板印象般的妄想，在午休时就被完全粉碎了。

当时，我跟清水一行人在操场上玩躲避球，摇月突然出现，几个三班的女生紧紧跟在她身后，她们大摇大摆地穿过了操场。为首的摇月眉头紧蹙，一副准备去干架的模样。

我呆呆地看着她们在踢足球的三班男生团体前停

下了脚步。男生团体的中心人物坂本目瞪口呆。他的运动神经很好，是那种孩子王类型的少年。

摇月向前踏出一步，朝着坂本说道：

"你不准再欺负小林了。"

坂本睁大了眼睛，他望了望躲在摇月身后的小林历。小林个子娇小，是个可爱的女孩子。她紧紧地抓住自己的裙摆，低头沉默不语。坂本绷紧了脸，说道：

"发什么神经？我为什么要欺负这家伙啊……"

他的声音倒是并不洪亮。摇月声音凛然地说道：

"因为你喜欢小林对吧！"

坂本的表情顿时难看起来。小林涨红了脸，慌慌张张地嘀咕着什么。

她们已经成了操场上的焦点。坂本眼看着就怒吼了起来：

"……开、开什么玩笑，谁会喜欢这样的丑八怪啊！"

经他这么一说，小林的眼泪已经在眼眶里打转了，她开始抽抽搭搭地哭了起来。摇月顿时怒上眉梢。

"你快给小林道歉！"

"我才不要呢！什么我非得……啊疼疼疼疼疼！"

摇月用右手揪住了坂本的鼻子，用力地往上提。事实证明，绝不能小瞧钢琴家的臂力。坂本惨叫着用双手抓住摇月的右手，不停地挣扎着。我甚至在想坂本会不会被揪到双脚离开地面。摇月身上的压迫感就是这般强劲。

"男子汉大丈夫，净干些没出息的事情！"

这时听到骚动的老师正好赶了过来。他来收拾局面，把所有人都带走了。

"五十岚同学还真是恐怖啊……"

清水有些恐惧地颤抖着身子，嘴里不住地嘟囔着。

这件事情也完全粉碎了我对摇月那种"深闺大小姐"的印象。

现在，摇月的新形象是——"天才钢琴家"外加"亚马孙女战士"。

7

放学之后，我在约定好的时间来到了音乐教室。

我听到了优美的钢琴声，饱含力量，却又无比纤细。一想到那曼妙的乐声是出自中午揪住坂本鼻子的那双手，我便深深地感到不可思议。

我走进音乐室，可是摇月并没有发现我。她正沉浸于演奏中。

我搬了把椅子坐了下来，远远地望着摇月弹琴。她几乎闭上了自己的双眼，竖起耳朵，往每一个音符中倾注感情。在我眼里，她看起来就像是在祈祷一般。

等到演奏结束，最后的余韵也消失之后，我鼓起了掌。摇月被吓了一跳。

"你来了的话倒是说一声啊！"

"我怕打扰到你。"

摇月嘴上抱怨着，脸颊却染上了淡淡的樱粉色。她这副模样是如此惹人怜爱，让我又一次疑惑她的本性究竟是深闺大小姐还是亚马孙女战士。

摇月合上了钢琴的盖板，有些突然地说道："那我们走吧。"

"去哪儿？"

"我家。"

不明所以的我疑惑地歪着头，摇月没有搭理我，而是用力拽着我的手往外走。我们走出学校之后，过了差不多三分钟，摇月才终于解释道：

"今天我跟别人起了些争执，所以在学校里没法专注下来……"

我依旧疑惑，思考片刻过后，说道：

"那与其说是起争执，难道不是你单方面对人家动手吗，而且刚才我看你弹琴也很专注啊。"

"你看见了吗？"摇月有些难为情地嘟起了嘴。

旋即，她辩解道："我最讨厌的就是那种人了。怎么说呢，不觉得很麻烦吗？"

"可我觉得人都是这么麻烦的。"

摇月望着我，表情里有些苦涩。她的表情是什么意思呢……

今天的天气非常好。我们居住的樱之下是新城镇，大多数房子的庭院都收拾得干净整洁。紫花地丁、杜鹃、丁香……遍地春花，尽情盛放。

路上突然传来了小狗的汪汪声。摇月低吟一声，跟我换了个位置。仔细一看，门前的狗屋拴着一只金毛。

它用力地摇着尾巴，朝着摇月吠叫。

"那只狗很讨厌你吗？"

"不是，它是太喜欢我了，甚至会高兴到朝着我尿尿。"

摇月把我当作盾牌，像是抱着我的身子那样，伸手去摸金毛的头。

我有些担心随着摇月的靠近，这只金毛会不会朝着我尿尿，这种恐惧令我的心里产生了莫名其妙的刺激感。

8

摇月家比周围的房子都要大一整圈。在高墙和树篱的围拢下，从外往里基本看不太清。

穿过雅致的对开门，映入眼帘的是一个打理得相当细致的庭院。院子的角落还放着《白雪公主和七个小矮人》里面的人偶和房子，看起来像是他们在为了白雪公主而彻夜修整着庭院。植物园风格的巨大露台上，在一个恰好能遮挡住夕阳的位置，一排还没有完全盛开的白色紫藤花像一张帘子那样铺展开来。

我走进了摇月家，她家的窗户大得惊人。

《格林童话》风格的摆件点缀着房间，看上去品位不俗。诸如《美女与野兽》里面的玫瑰花、《灰姑娘》里面的时钟、小红帽探望奶奶时拿着的篮子……

钢琴摆放在房子西面的隔音室里。巨大的玻璃门隔出了一个约莫十张榻榻米大的房间，灿烂的阳光透过宽敞的双层窗投射进来。

摇月把毛里奇奥·波利尼的 CD 放进了碟机里。音箱上面还放着《不莱梅乐队》的摆件。

肖邦的《船歌》缓缓流淌而出。一曲终了，摇月问道：

"你觉得怎么样？"

"好美，美得让我吃惊。"

得到我的这番回答，摇月心满意足地点了点头。旋即，她坐到了施坦威牌的钢琴前面，钢琴上还摆着一个面包超人的玩偶。在我深感这个组合有些不和谐外加有些孩子气的同时，摇月开始弹奏起了《船歌》。

我再次领略到了摇月的琴声之优美。每一个音符都是那么澄澈通透，就像是光的粒子。它们漂荡在威尼斯的水路上，在不知不觉中变成了花儿的形状，在阵阵幽香中缓缓流淌。摇月的《船歌》透着些许的狡黠可爱。

我勉勉强强地用笨拙的话语表达出了这番感想。摇月听罢，虽然嘴上说着谢谢，但看起来并不是很高兴。

"我想知道的是，跟波利尼的演奏相比如何呢？"

说起波利尼，那是世界上伟大的钢琴家之一。他以完美无瑕的演奏而闻名，一九七二年发售的唱片《肖邦：练习曲十二首 Op.10/Op.25》，甚至打出了"无出其右"这样的宣传语。

将摇月和这位音乐巨匠放在一起比较让我心有余悸。当然，那个时候的我还完全不了解这些事情，于是随口说出了自己坦率的感想。

"……怎么说呢，感觉有些干瘪吧？虽然有船也有水面，但是欠缺了更为深邃的部分。"

我的这番意见是主观的，相当含混不清。然而，摇月却认同地点了点头。

"果然是这样呢。我还是有点过分求稳了。我想弹得更加圆滑和幽玄[1]。"

"圆滑？幽玄？"

摇月的感性让人完全不觉得她只是一个小学三年级的女孩子。

"果然我的人生经验还是不足以把《船歌》弹好。毕竟，有人说这首曲子'没失恋过三次都弹不好'，我也好想快点失恋啊！"

我禁不住笑了出来。

"虽然我可能是个怪人，但我觉得你也没比我好到哪里去。"

"我的烦恼可是认真的。"

就在这个时候，一位三十岁出头的女性悄无声息地出现在了玻璃门后。由于我们在隔音室里，所以完全没有察觉到外面的声音。

"啊，我妈回来了……"

我重新端详起了这位女性。她戴着一副圆圆的太阳眼镜，一头蓬松的大波浪长发是惹眼的茶色，黄色

---

1 幽玄是日本的传统美学观念之一，强调空寂、朴素的荫翳之美。

的针织上衣配上藏青色的裙子。现在回想起来，身材婀娜的她有着些许米兰风的时尚气质。这位女性名叫五十岚兰子，我听清水说她是一位职业钢琴家。而她取下太阳眼镜之后，便显露出了美貌。确实和摇月有着几分相像。但是，她的美丽之中却蕴含着些许凶险，宛若带刺的玫瑰。她瞥了我一眼，像是看到了什么碍事的东西一般，迈着快步去了其他房间。我有些困惑，还以为自己是不是做了什么不好的事情。

摇月很是愧疚地向我道歉："我妈有点凶。待会儿我要上钢琴课了，今天就先到这里吧。"

我点点头，在门口穿上鞋子。跟送我离开的摇月道别时，我看见兰子女士就站在她身后。我说完"打扰您了"之后，兰子女士只是冷冷地哼了一声，旋即粗鲁地挥了挥手，像是要把我给赶走一般。

9

母亲渐渐地变成了盐。那种变化就像是沙漏，沙砾随着时间流逝不断下落，一去不复返。而母亲也在一点一点地消失，一逝永不回。

那个时候的我醒来后总会泪流满面，做着虚无又可怕的噩梦，悲从中来，泣不成声。

等医院的探病时间结束，不得不回家去的时候，我会紧紧地抱住母亲，像个孩子那样号啕大哭。我不想独自回到黑灯瞎火的家中，也不想把母亲独自抛在这昏暗的病房里。而每当到了这种时候，母亲都会摩挲着我的后背，不停地说着：

"没事的……没事的……妈妈没事的……"

为了母亲，我一直在收集花儿。随着一场大雨，樱花尽数凋零后，我开始去摘那些叫不出名字的野花。野花一旦摘下就不会再长出了，上下学的路上，家附近的花儿都会尽数消失，这个事实所带来的空白，让我感受到难言的罪恶感与痛苦，很是煎熬。可即便如此，为了填满自己心中那更为庞大的伤痛，我还是不得不继续采花。

我会认真倾听摇月的演奏，陈述那些不知有无参考意义的感想。而摇月则会倾听我说的故事——关于母亲的那些故事。每当我向摇月提起与母亲之间的点滴回忆，我便能感到自己逐渐失去母亲的那份痛楚得到了些许治愈。我想，摇月为我铭记下的这份回忆，填补了渐渐离我远去的母亲。

有一次，我告诉摇月，我对采摘野花产生了罪恶感。她惊讶不已。

"你是不是有点太过温柔了？"

随后，摇月牵起了我的手，带着我从她家后院走出去。

我们穿过了一条位于缓坡上的羊肠小道。

天空豁然开朗——我不由得惊呼了起来。

在那低矮的如同小小盆地般的草坪上，姹紫嫣红的野花尽情盛放。它们的颜色化作一潭清澈的水，填满了我的内心，使我感到一阵难以言喻的温暖。

"你以后可以来摘这里的花儿，"摇月露出了温柔的微笑，"无论你摘多少，花儿也不会就此消失的。世界能给予你的爱，比你所想象的要庞大得多，花儿也远比你所想象的要坚强。正如大海可以轻易灌满一个水桶，满足你一个人的内心不过是等闲之事。得不到满足的人，是因为他们的桶开了个洞。"

摇月的这番话顿时将我拯救。原来，我去采摘那些花儿是被允许的，用花儿去掩埋自己的悲伤也是可以的。大千世界的强韧会容许我的小小冒犯之举。

这件事情以无比确信的形式轻柔地埋进了我的心里。

摇月在那个瞬间，告诉了我这件太过理所当然，以至于从没有人告诉过我的事情。我在心中对摇月产生了深切的爱意与尊敬。

10

悲伤而又幸福的日子一天天地过去。

在学校上课，在回家路上我成为摇月的盾牌，保护她不被那只兴奋过头的金毛撒尿，聆听摇月的钢琴演奏，和摇月聊母亲的事情。在摇月家后院的草坪摘下花儿，插在母亲病房的花瓶里，然后在悲哀的恸哭中孤身只影地回家。

摇月总是无比高兴、无比羡慕地听着我讲母亲的事情。

"真好啊，我也想要这么好的妈妈。"

"你不是也有一个漂亮的钢琴家妈妈吗？"

我想，我永远都忘不掉摇月当时的表情。尽管她的唇间透着丝丝笑意，双眸中却写满了困惑，刻满了伤痛。她的表情寂寞得不得了，孤零零的，像是迷了路的样子。

我真正察觉到她这悲伤表情中的真意，已经是更加后面的事情了。

某个休息日，在偶然经过五十岚家附近的时候，我突然有些好奇摇月现在在干什么。这么说来，我还从来没有在休息日里见过摇月。

于是，我顺路去了五十岚家，按响了门铃。然而并没有人回应。

刚开始，我还以为是家里没人，过了一会儿我才意识到摇月可能在隔音室。那里听不到门铃声。于是，我便绕到了她家背面，透过双层玻璃窗望向隔音室。

摇月跟兰子女士都在里面。

可是我马上就意识到，自己看到了不该看的东西。

兰子女士涨红了脸，凶神恶煞地怒吼着。随后，她毫不留情地扇了摇月一巴掌。摇月的脑袋遭受重击，黑色的长发也随之飘散，凌乱不堪。她那瘦弱的肩膀也在微微发抖。

我瞪大双眼，在原地呆住了。

摇月擦了擦眼泪，又开始弹起了钢琴。她瑟缩着身子，一抽一抽的。兰子女士继续怒吼着，又是一记耳光，这情形不断重复着。我感觉所有的声音都打在了我的鼓膜。总是在同一个地方卡壳的钢琴声、清脆的耳光声、怒吼声、啜泣声，以及节拍器那机械般的声音。

钢琴前笑容满面的面包超人此刻也是泫然欲泣的模样。

就在这个时候，玄关处传来了拧动门把手的声音。

我想那应该是摇月的父亲。身处二楼的他也许是听到了我刚才的门铃声，打算下楼开门。我又透过另一扇窗子窥视着客厅。正如我所预想的那样，那是一位戴着眼镜、稍稍有些发福的温柔男性——五十岚宗助先生。他单手拿着报纸，望了望隔音室，欲言又止地伫立在原地。他的视线所及，想必就是兰子女士那虐待性质的钢琴课。

我很想让他说一句"不要再做这样的事情了"。

不要再使用暴力了，不要再把摇月弄哭了，不要让她讨厌钢琴了！

然而，宗助先生什么都没有做。他已然是一副死了心的表情，垂头丧气地回到了二楼。我绝望到了极点。心脏仿佛变成了冰冷的灰色。我什么都做不到，只能离开五十岚家，在附近漫无目的地闲逛。

"真好啊，我也想要这么好的妈妈。"

我终于悟出了摇月当时那番话的意思。摇月希望兰子女士可以对她更加温柔一点，而不是一味地施加过分的期待。即便弹不好钢琴，也希望母亲可以温柔地接纳自己，对自己倾注关爱。

我想，我终于看清了摇月的本质。她既不是深闺大小姐，也不是亚马孙女战士，她只是在同一个地方伫立不前，又行将破碎消失的那哀伤琴声中的一个音符——

我突然发现了那只熟悉的金毛，它一看到我便兴奋地摇起了尾巴。我漫不经心地走到它旁边，摸了摸它的脑袋。于是，它高兴得不得了，还朝着我撒尿，把我的衣服都给尿湿了。

"你也变得这么喜欢我了啊……"

我苦笑着向它呢喃的瞬间，眼泪夺眶而出，如决堤般停不下来。

我终于知道，为什么摇月即便冒着会被它撒尿的风险，也要来摸摸这只金毛了。因为摇月也很喜欢它，即便自己弹不好钢琴，来到它面前的时候，它也会一如既往地高兴，甚至高兴到失禁，摇月应该很开心吧。金毛那表里如一的纯粹感情拯救着她的内心。

而一想到如此寂寞的摇月，我就无法控制住自己的眼泪。

金毛的尿又冷又臭，可还是让我高兴得不得了。

我抱着它，号啕大哭。

金毛一边尿出新的尿，一边舔着我的眼泪。

这只金毛的名字，叫作 Melody[1]。

1　英语，意为旋律。

第二章 影子与盐

Chapter.2

我的一半是父亲，一半是母亲。

一半是影子，一半是盐。

1

一大早，我接到了一个电话。

电话里的人告诉我，母亲去世了。

八月二日，正是暑假里最热的时候。那一天，大地仿佛热得快要融化了，厚重的积雨云在湛蓝的天空中层层叠叠，像是在安达太良山 [1] 的对岸落下了一枚巨大的炸弹。万籁俱寂的终末世界里只剩下了蝉鸣……我的心已经空无一物，以至于让我产生了这样的想象。

即便心在空转，不断旋转的自行车车轮，仍然切实地行驶在地面上，不知不觉就到了医院。在自行车

1　位于日本福岛中部的一座活火山。

　我想成为你的眼泪

专用的停车场停好车之后，我抖了抖被汗水完全浸湿的 T 恤，走进凉爽的医院大楼，前往登记处。

在那之后的记忆，老实说，已经有些模糊不清了。我不记得总是坐在登记处的那位护士究竟有着什么样的表情。我想她应该惊讶地睁开了眼睛，也许是对格外平静的我感到困惑。

等我回过神来，就见到了躺在太平间里的母亲。

可是，用"见"这样的词，总觉得有些违和。因为母亲已经没有人形了。太平间细长的灵床上，孤零零地摆着一个圆球状的玻璃花瓶，里面装满了纯白色的盐。那是我平时用来插花的花瓶。这个花瓶恐怕是母亲为了日后会变成盐的自己所准备的，可是看到我突然间拿着花过来，她便急中生智地让我拿来当花瓶用了。母亲就是一个如此温柔的人。

昨天深夜，母亲在睡梦中咽了气，貌似在一夜间便完全变成了盐。盐化病的患者在去世之后，盐化的进程会急剧加速。

望着面前的花瓶，我才终于有了"原来，妈妈真的去世了"的感觉。在这之前，我多少有些难以置信的侥幸。也许这一切只是谎言，抑或是上天跟我开的玩笑。可能等到魔术师拉开帘子之后，四肢健全的母亲便会朝着我露出恶作剧般的笑容。

当时的我，还是个孩子。

母亲的死化作难以忍受的伤痛，将我的心完全贯穿。我抱着冰冷的花瓶，哭到崩溃。与此同时，我又觉得这是一件好事。

母亲能够从痛苦中得到解脱真是太好了。

随着盐化病的不断恶化，患者的身体内部也会开始盐化。包裹着内脏的浆膜盐化之后，内脏之间会相互摩擦，产生剧烈的疼痛。稍微动下身子都会疼入骨髓，等到临终前甚至要用上吗啡。

可即便如此痛苦，母亲还是说她不想死，说不想孤零零地抛下我就撒手人寰。我很愧疚，也很煎熬。仿佛是因为我的存在，才会让母亲痛苦不堪，我甚至想就此消失。

我为母亲祈祷，希望她的灵魂可以在一个没有伤痛、暖阳高照的地方得到安息。猫咪们会自然地聚集在一起，慵懒地晒着太阳。那里会有一张舒适的躺椅，旁边的橘子树上硕果累累，世界上最有趣的小说就摆在触手可及的地方。微风和煦，怡然自得。

我希望，那阳光普照之处，得以救赎母亲的灵魂。

2

由于母亲在世上没有别的亲人，所以由父亲为她举行了简单的家葬。僧人在祭坛前诵经。我望向身旁的父亲，他正在哭泣。看着仅剩的一只眼睛怆然泪下，我的心情很是复杂。

明明就是他让母亲吃了那么多苦，事到如今居然还有脸在这里流泪。

可他的眼泪和悲伤貌似都是真切的，我甚至能在其中感受到爱意，差一点就原谅了他，连忙用理性去压制住心中的感性。

葬礼结束后，我坐上父亲的黑色奔驰前往磐城市。

那是我和"影子"两个人的旅行。父亲一直在说些不知所云的东西。

"你知道为什么外国人的个子都那么高吗？"

我漫不经心地眺望着窗外掠过的风景。父亲没有理会我的沉默，继续说了下去。

"那是因为他们的脸部轮廓比较深邃。"

我不由得发出了质疑的声音，完全上了他的圈套。

"为什么脸部轮廓深就会个子高啊？"

父亲咧嘴一笑。

"脸部轮廓深邃的话，就会由于额骨突出而看不太清上方对吧？这样一来，就会难以招架来自头顶的攻击。可是如果个子高的话，就能居高临下地攻击敌人，敌人也很难从上方攻击到自己。也就是说，个子高会提升生存的概率。而通过不断的自然淘汰，就只剩下高个子的人才能存活下来。"

"原来……是这样啊……"

老实说，我非常惊讶。看到我的这番反应，父亲又笑了。

"怎么可能啊，小子，你不会当真了吧？"

我气不打一处来，但是感觉如果发火，就是我输了，所以只能保持沉默。

——片刻过后，我看见了大海。

一下车，我便感觉这里比郡山市要凉爽。在些许温和的夏日暑气中，海洋闪耀着柔和的光芒。我们走到不起眼的码头尽头，从包袱里取出变成盐的母亲。

"本来是不允许随意抛撒骨灰的。"父亲说道，"不过是盐的话，应该没问题吧。"

母亲的遗愿是希望我能在她变成盐之后，把她撒进大海里。我和父亲温柔地把盐置于掌心，一点一点地撒进了海里。在海风柔柔的吹拂下，盐晶体宛若宝石般闪闪发光。随后，我把摘下来的花儿也抛进了海里。花儿像降落伞那样在旋转中缓缓飘落。一如色彩缤纷的莲花盛开在水面上，鲜艳娇媚。不一会儿，海浪就把花儿全都卷走了。但愿这些花儿能够漂到母亲那里去。我想，她一定会用一个崭新的花瓶把那些花儿都插起来的。

我和父亲呆呆地凝望着海面，时间缓缓流逝。我们好像也聊了一些正常父子之间会聊的平淡无奇的话题。

太阳下山之后，父亲又渐渐地变回了影子，变回了那个摸不着、猜不透、靠不住的影子……

"小子，以后要跟我一起生活吗？""影子"说道。

我的心就如同视线尽头里的那些花儿一般摇摆不定。可是我依旧有着逆反心理，问道：

"你为什么和妈妈离婚了？"

父亲沉默了一阵，解释道："我以前跟你说过我的右眼没有了对吧？那都是真的。"

我屏住了呼吸："可是，到底为什么……"

"我早就说过了，因为很碍事。虽然没有人相信我，可不知从什么时候开始，我就觉得自己的右眼非常碍事。至于原因，我也不知道。只是它真的碍事得不得了，我就把它抠出来了，又觉得很对不起死去的父母，就自己吃掉了。"

他说的话让我连想象都觉得抗拒。我产生了一种仿佛现实都被扭曲了的感觉。

"失去右眼之后，我不可思议地拥有了文采。曾经弄不清楚的事情霎时明晰起来，过去看不真切的事物刹那间豁然开朗。于是，我成了一个小说家。"

我细细地思考着这番匪夷所思的说辞，问道：

"这和你跟妈妈离婚，有什么关系吗？"

父亲有些犹豫。

"我其实很爱你妈妈……但是那个时候，就连你妈妈都变得无比碍事，碍事得甚至让我写不出小说。我是为了生活，才迫不得已跟她离婚的。"

我目瞪口呆，一时间丧失了所有的感情。我那空无一物的内心深处，开始一点点地沸腾起来，愤怒逐渐涌上我的心头。

"……你脑子是不是有毛病啊？"

我的声音都在颤抖。可是父亲的声色依旧未曾有变。

"……抱歉。我确实是个残缺不全的人。"

"……别胡扯了。你知不知道妈妈因为你有多么痛苦啊？"

"我真的觉得很对不起她。可我努力过了，虽然不足以弥补。"

"这和努不努力没关系……像你这种人……你这种人……还是下地狱去吧。"

父亲的表情非常受伤。我一把抓起母亲的花瓶，朝着陆地走去。我就这样朝着郡山市的方向一直走。

夜幕降临后我便孤身只影地边哭边走。怀里那个大花瓶的空白一直隐隐作痛。走到再也无力迈出一步之后，我在公交车站的长椅上过了一夜。第二天麻雀的声音把我唤醒，我又哭着上路了。

到最后，我回到家已是第二天的晚上了。那是一趟二十多小时的伤痛之旅。

3

至今我还记得，那是一个明明气温很高却冷得能把人冻僵的夏天。

家里永远没有了母亲，由此产生的空白化作剧烈的疼痛，将我折磨得痛不欲生。每日按部就班的家务活儿和其他的一切事务完全停摆了。为了缓解疼痛，我不得不去摘花，可是我已经完全动不了了。

我发起了高烧，却连一滴汗都没有出，裹在被子里瑟瑟发抖，无法离开被窝一步。时不时还会像雪人融化那般流泪，我甚至不知道自己是不是处于悲伤当中。任何微小的声响都会让我化身惊弓之鸟，大脑乱作一团。

我想，我大概不吃不喝地过了五天，继续这样下去，一命呜呼也不出奇。就像是燃烧殆尽的蜡烛，只留一缕青烟。

但是，就在那个时候，门铃响了。

我动弹不得，像是一只等待暴风雨过去的松鼠，躲在被窝里祈求着来访者快点离开。然而，那人却一直执着地按门铃。

"八云，我知道你在家！"

那是摇月的声音。我在惊讶中迅速清醒了过来，挣扎着从床上爬了起来。艰难起身后，我感到头晕目眩，整副身躯仿佛是由沉重的黏土制成，即便想要发出声音，也只能吐出微弱的气息。

我扶着墙，勉强到了门口。刚一打开锁，门就被摇月用力地推开了。那久违的绚烂阳光异常刺眼，我眯起了眼睛。摇月看到我这副模样，被吓了一跳。

"八云……你还活着吗？"

她的这番话也许只是在开玩笑，但我早就没有能笑出来的从容了。

摇月没有再问什么，只是转身离开了。等再回来的时候，她手里提着购物袋，那是为我买来的布丁。尽管我早就因为过度饥饿而失去了食欲，可强行将布丁送进嘴里后，我的心情变得好些了。显然，之前我已经处于低血糖状态。

摇月站在厨房里，有节奏地用菜刀切着菜。那声音在我耳中，就像时间重新开始了流动。摇月给我熬了一锅粥，鸭儿芹和捣碎的梅子，颜色很是鲜艳，我顿时食指大动。

等我把那锅粥全喝完之后，砂锅的底部已经积攒了一捧眼泪。

4

我向摇月告知了母亲的死讯。

摇月和我一起为我母亲哭泣。她说，如果能跟我母亲见一面就好了，哪怕只一次也好。

从那天开始，摇月一有空就会来我家。她会为我打扫房间，给我做可口的饭菜。摇月将秀丽的黑发扎成一束系在脑后，身穿鲜红色围裙的身姿褪去了稚气，让我心动不已。不过，唯独围裙上那面包超人的图案，仍旧流露出些许活泼。

"……你为什么为我做到这份儿上呢？"我这样问道。

摇月依然不失节奏地切着菜，说道：

"如果我不来照顾你的话，你就会像一条金鱼那样死翘翘的吧？"

也许摇月说得没错。至于会不会像金鱼那样就不知道了。

我和摇月共同度过了这个漫长的夏日。她经常会带 CD 过来，和我一起听音乐。

摇月钟爱一位叫田中希代子的钢琴家。在一九五五年举行的第五届肖邦国际钢琴比赛中，田中希代子是首位得奖的日本女性，名次是第十名。当时的评审米开朗杰利对这个排名非常不满，主张让阿什肯纳齐排在第一位，田中希代子排第二，他最终拒绝在认定书上面签名，随后愤然离席。

当时的录音技术还没有那么发达，只能用唱片来记录，音质实在是难以恭维。然而，田中希代子的钢琴声依旧美得惊人，那些美丽且醇厚的声音颗粒，就连婴儿也会忍不住放进嘴里细细品尝吧。

摇月对她的演奏赞不绝口："我觉得她的演奏就像是祈祷，是没有任何私欲的、清澈透亮的祈祷在奏鸣。"

我对摇月的这番话似懂非懂，便问道：

"'祈祷'不是意味着人在'希望'得到些什么吗？既然'希望'与一己私欲是无法分离的，那么'祈祷'不也应该同样吗？"

摇月有些意外地望着我，她说道：

"可你不是也曾经舍弃私欲地'祈祷'过吗？"

"有吗？"

"你为了妈妈，收集了花儿。"

我愣住了——可是，大脑此刻却显得过分敏锐。

"那只是想要消除自己心中的疼痛罢了。果然还是一己私欲啊。"

"我觉得不是的——"摇月露出了温柔的微笑，"我想，那大概也是为了你妈妈。比方说，如果持续祈祷了上千年，八云，你的身躯早就化作尘烟了吧？化作无欲无求的尘烟。但是那份强烈的祈祷，则会传承千年，正如田中希代子老师的演奏，即便在五十年以后也能传达到我们身边，你的那份祈祷早就和私欲无缘了。它宛若富士山融化的冰雪，在大地的打磨下变得清澈而透亮，祈祷也会在时间的打磨下化作澄澈的涓流，流芳万世。"

我愣住了。即便是如今写下这个故事的我也好，想到这句话时还是难掩惊讶。这不是平凡的八岁少女所能到达的境界，我想或许面前的少女心中住着天使或神明吧。

田中希代子的琴声在我耳中逐渐变换了模样。那是清澈透亮的祈祷之声，宛若富士山的冰雪融水轻柔地与身体融为一体，令人怀念般地在心中晕染开来。

5

夏天结束了。像是什么事情都没有发生过一样，新学期开始了。

可是我却觉得，自己被永远留在了那个世界终结的夏天。我好像只是在时间的无情推动下，如一根被风吹走的烟头般恬不知耻地活着而已。夏日祭的金鱼住在漂满樱花花瓣的泳池里。不久后，枫叶会为它们遮挡风雨，水体也会变得翠绿。

我开始在摇月的钢琴声里感受到些许沉闷的疼痛。

一开始，那只是一点微不足道的违和感，就像是咬到了一粒藏在蛤蜊肉里面的沙子。即便我指出了这一点，摇月还是没能觉察，这很是奇怪。我甚至可以指出究竟是哪些音符里藏着"沙子"，可摇月对此却始终抱有疑惑。

"沙子"一点点地侵蚀着摇月的谱面，沙漠般宽广的寂寞笼罩着她的音乐。

"最近，妈妈也跟我说了这件事。可是，到底是为什么呢？我都搞不懂了……"

摇月悲哀地垂下眼眸，一滴清泪从她的左眼滑落，眼角处有兰子女士带给她的瘀青。

摇月的琴声逐渐变得混浊，这让我无比担心。在某个周六，我透过双层窗看向她家的隔音室，摇月和兰子女士就在里面。兰子女士如同一场狂暴的台风，她揪住摇月的头发，用手扇着摇月的脸颊。因为摇月的琴声没能达到兰子女士的标准，她的怒气越来越盛。可她这样做，就像是为了将调色板的肮脏颜色调回原状而添加新的颜料，可调色板上只会越发混浊，究竟有什么意义呢？难道不是只会让摇月不停受到伤害吗？我甚至觉得是兰子女士让摇月的音乐变混浊的。一想到这里我就心焦气躁，看到摇月那般可怜的模样，如芒刺在背，忍不住一拳打在了窗户上。伴随着清脆的响声，玻璃出乎意料地碎掉了。

我顿时回过神来。在兰子女士转过身的前一刻，我猛然把头缩了回去，慌张地绕到了摇月家的左侧。兰子女士打开了那扇双层窗，从窗户里探出身子，环顾左右。

"真是奇怪……"

我能感受到自己的心脏在狂跳。这时传来了窗户被关上的声音……钢琴练习好像又重新开始了。我松了口气，抬头仰望上方。

我僵在了原地。有人在二楼的阳台上俯视着我。

那是摇月的父亲宗助先生。他双肘撑在二楼的扶手上，探出身子居高临下地俯视着我。直觉告诉我他绝对看到了一切。当时太阳正盛，宗助先生刚好身处在背光的方向，我看不清他的表情。

我一点点地挪动身子，逐渐看清了宗助先生的脸庞。他的表情十分惊讶，眼神中没有任何怒意，只有深切的哀愁。

宗助先生双唇紧闭，一言不发，只是静静地看着我。

我当场逃跑了。宗助先生的表情浮现在我心中的黑暗里，久久未曾散去，好似一轮悬于冬日寒空中的苍白之月。

6

十月中旬，我捡到了一只室内鞋，它被孤零零地扔在教学楼的夹缝里。

上面写着"五十岚摇月"的名字。

我装出一副若无其事的模样，把它还给了摇月。摇月也摆出懵懂不知的样子，说道：

"谢谢，我还以为不小心弄丢了，正在头疼呢。"

听了这句话，我还没有蠢到说"哦，原来是这样啊"，去安然地接受。

"摇月，你是不是被欺负了？"

摇月深深地叹了一口气。那是一声蓝灰色的叹息，我在其中感受到的不是悲伤，而是她心底不断积压的疲惫。

"……应该说，是我让她们欺负我的。"

"让她们欺负你？"

我对此困惑不已。摇月轻轻地牵起了我的手。

"我们去'秘密基地'聊吧？"

从学校出来，往东走一小段，便是一片田野，几乎看不见民居。一座小山挡在前面，山脚下是一排不知何时废弃的建筑。废弃的建筑群中有一座小小的废工场，我们从铁丝网上的洞钻了进去。

废工场里空旷得寒气逼人，没有玻璃的窗户为我们截取了一方夏日的湛蓝，很是凉快。

我们的秘密基地是一台废弃的公交车，它不知为何被遗弃在了废工场里。铁蓝色的车身早已锈迹斑斑，看起来有点像马口铁玩偶，圆滚滚的身子惹人怜爱。

它的前车灯一边已经掉了，显露出有些呆呆的俏皮。我很喜欢这台公交车的外观。

走进公交车内部，驾驶位的后方两侧各摆着一把向前的单人椅。再往后是面对面的长椅，最后方则是一把向前的大椅子。椅子绿色的外皮早就破得不成样子，连海绵都冒了出来。走在公交车的木质地板上，发出"咯吱咯吱"的声音，听起来令人心旷神怡。

摇月会定期打扫这里，因此内部空间整洁漂亮，完全不像是一辆废弃的公交车。她还用橙色的几何图案外皮包住了那张长椅，放了一个抱枕，让自己能躺在长椅上。

貌似从很久以前开始，这里就是摇月的秘密基地了。

对她来说，一个不会被兰子女士干涉的私密空间也许非常重要吧。

由于不想和摇月面对面，所以我和她并肩坐在长椅上。漫长的沉默降临了。

"起因是一节音乐课，"摇月突然嘟囔道，"老师让我在大家面前弹钢琴，之后坂本和相田就常来找我说话。对人家不理不睬不是很奇怪吗？所以我就正常地和他们聊天……"

"这样你就被班上的女生嫉妒了吗？因为他俩都很受欢迎。"

说起坂本，四月的时候，他去招惹了小林历，结果差点被摇月揪掉鼻子。可是，一想到他转头又给摇月惹了那么多麻烦，我就莫名其妙地来气。

"谁欺负你，你就去揪她的鼻子啊。"

"可是我也不知道是谁干的。我的室内鞋和铅笔盒时不时地就会被偷走，被别人恶作剧。班上的女孩子全都一言不发的，因为如果有人告密的话，那个人就会成为下一个目标。"

"……我最讨厌的就是这种事情了。小林历呢？她不是和你站在一边的吗？"

"小林也是身不由己的，她只能假装什么都看不见。她聪明又温柔，所以对自己产生了厌恶，非常受伤。可她这样愧疚，我想我也能原谅她了。"

我花了一点时间才跟上摇月的脑回路。她那么敏锐、纤细、大方、温柔，我甚至觉得她不是和我同龄的人。

"最近……"摇月的声音有些尖锐,"我好像理解那些恋爱中的女孩子的心情了。我也懂得了何为'嫉妒'。这样一想,我就觉得人类都是非常软弱的生物。我原谅了那些欺负我的人,是我让她们来欺负我的。她们本质上都是温柔的人,也许过阵子就会收敛了。"

"……如果没有收敛呢?"

"那我就用力去揪她们的鼻子好了。"

摇月说着,露出灿烂的笑容。我也不由得跟着笑了。

旋即,她躺了下来,把脑袋枕在我的大腿上,用略带寂寞的声音说道:

"……我很了不起吧?"

突如其来的提问让我有些疑惑,不过我还是对摇月产生了极度的怜爱。

"摇月非常了不起哦!"

"……那你摸摸我的头,一边摸一边说'很了不起哦'。"

"欸?"

我有些犹豫,最终还是把手掌放到了摇月的脑袋上。她的肩膀微微地颤抖着。

我抚摸着摇月的脑袋。她的头发很是柔顺，无比清爽。

摇月发出了安稳的呼吸声，平静得像是睡着了。

7

然而，针对摇月的欺凌别说是收敛了，反而变本加厉。

同学们将摇月当作不可饶恕的山贼，偷走了她所有的私人物品，将它们扔掉、冲走、烧毁。

可是摇月并没有去揪她们的鼻子。因为从一开始，她就注定是要输的。好比在恋爱中先喜欢上对方的人注定就是输家，在欺凌中保持温柔的人也会一败涂地。

在某天的放学路上，我听到三班的三个女生有说有笑地谈论着些什么。

"活该！不就是会弹个破钢琴吗，瞧她得意的。"

那天是背后泼脏水的盛宴。由于碰巧跟她们同路，我只能一直听下去。

"虽然不知道她是不是又拿了什么奖，不过钢琴弹得好的人又不是只有她一个。我只要随便练习一下肯定也能弹得比她好。"

"怎么可能啊！"

我忍不住喊出了声。三个女生惊讶地转过身来。

"你们知道摇月到底有多努力吗？你们知道她到底是怀着什么样的心情在弹琴吗？你们这群笨蛋怎么可能知道摇月究竟有多厉害啊！"

三人都愣住了，脸色铁青。其中一个女生说着"我们走吧"，把剩下的两人连拖带拽地拉到了马路对面的人行道上。我只能听到她们窃窃私语的声音。

"那家伙是谁啊？怎么回事？"

"他啊……就是那个……最近总跟在摇月屁股后面，像影子一样的家伙……"

对于自己被比喻成"影子"这件事情，我不由得气上心头。虽然想怒吼着去反驳她们，可我却顿时变得无比空虚，只得作罢。

我感觉自己的身体，好像一下子变得空荡荡的。

8

摇月凭着她那依旧混浊的琴声，以碾压般的优势拿到了肖邦国际钢琴比赛亚洲赛区区域选拔赛的第一名。只要实力超群，便不会因为状态不好或其他原因而随便输掉比赛。全国比赛是在一月，如果能在全国比赛上拿到优秀的成绩，那么下一次就是亚洲大赛了。

可是，摇月已经完全不弹钢琴了。

十二月初，小雪纷飞，稀稀落落。

我们泡在了秘密基地里。我还记得，虽然当时天气转凉，可公交车里依然温暖。我穿着厚重的防寒服，和摇月裹着厚毛毯御寒。摇月穿着纯白色的外套，戴着毛绒帽，围着一条红色的围巾。

彼时的摇月似乎想要逃避现实。她放弃了钢琴，游离于班级之外，疏远了母亲，甚至开始抗拒来我家。对摇月而言，也许天底下再也没有比这辆废弃公交车更为温柔的地方了。她向那仅存于残垣断壁中的温柔寻求着治愈。

秘密基地里的漫画和小说堆积如山，摇月一直都在看书。虽然也有我带过来的，但大部分都是摇月的物品。

"你还真是有钱啊。"

有一次，我突然这样说道。摇月看着新出的漫画，连头都没有抬起来。

"因为我爸爸在不断地给我钱。"

"给你钱？"

"大概是出于'交罚款'的想法吧。"

虽然不是很懂摇月这番话的真意，可听起来却莫名地悲伤。我的脑海中浮现出了宗助先生在阳台上俯视我时，脸上那副苍白之月般的表情。

罚款——到底是在惩罚些什么？

我想到父亲也会一如既往地给我打生活费。也许，那也是某种形式的罚款。

转眼间天就黑了。冬天日落得非常快，夜晚正打算将我们从秘密基地里赶出去。摇月告诉我，她不想回家。

"我不想回到那样的家里去了。我也不想去上学了，钢琴我也不想弹了。什么事情我都无所谓了。八云，永远待在这里吧，和我待在一起吧……"

在黄昏与黑夜相接的暗紫色空气里，我呼出一口白茫茫的气息。

"……这样是不行的。"

我正准备站起身来，摇月却紧紧搂住了我的胳膊。她抓住了我的左手，我在她小小的手心中感受到了如同琴键般的冰冷。

我猛然心动了一下。摇月把脑袋靠在我的肩膀上。她的身上有股甘甜的芳香。

时间应该已经过去了很久，可天色依旧未曾有变，那一刻仿佛被永久定格在了白昼与黑夜的夹缝中。摇月轻声问道：

"……八云……你有……喜欢的人吗？"

我知道自己的心脏正在疯狂地跳动，我的脸颊大概也红透了。

"……怎么说呢？"

"你不肯告诉我吗？"

"我不想告诉你。"

"……八云，你可能有喜欢的人，也有可能没有……

如果你真有喜欢的人，那她会是除了我之外的谁呢？"

摇月那冷若冰霜的手在不经意间变得温暖起来。
我回答说：

"……如果我真有喜欢的人，那只会是摇月你，不
可能会是其他人。"

摇月轻轻地笑了。

"我也是……如果我真的有喜欢的人，那也只会是
八云你哦。"

我不由得望向了摇月。她也凝望着我，笑容中带
着些许俏皮，宛如使坏的小恶魔一般。在稀薄的黑暗中，
我能看见摇月那洁白的脸颊染上了淡淡红晕。

9

第二天，我的大脑一直晕乎乎的。

我一晚上没睡。上课的时候也是心不在焉，满脑子
都是昨晚的夜色。昨天，在回去的路上，摇月这样说道：

"……八云，我们一起远走高飞吧。先去一次猪苗

代湖[1]，然后随心所欲地往尽可能远的地方走。这样我们就能开开心心地共同度过好几个月了。"

我十分惊讶，这样回答道：

"做不到的，首先我们没有钱。"

"没事的，我会偷来的。"

我被吓了一跳，望向身旁的摇月。在夜幕已然降临的黑暗中，我看不清她的表情。

"我爸爸在衣柜里藏了很多现金，应该有一百五十万日元左右。我每次说想要钱，爸爸都会从那里面抽出一张给我……所以，那些都是'罚款'而已。就算我全部拿走了，爸爸应该也不会生气的。"

"一百五十万日元吗……"

"如果有那么多的钱，应该足够生活好一阵子了。"摇月说道。

"就算逃不掉也是可以的。真的，我只是想从生活中的一切逃走而已，哪怕只是一小阵子也行……求你

1　日本第四大湖，亦称天镜湖，位于福岛县近中央，相当于磐梯朝日国立公园的外入口。

了，和我一起走吧？我明天在秘密基地里等着你。"

摇月挥了挥手向我告别，随后走进了家中。我想，也许她会因为回家太晚而被兰子女士臭骂一顿。

——上课的时候，我一直心不在焉地想着这件事情。我真的应该和摇月一起逃跑吗？如果真的从生活中逃离好几个月，肯定会引发各种各样的问题。最重要的是，摇月会错过她的钢琴比赛，这样真的好吗？迄今为止的一切努力都付诸东流真的可以吗？

午休的时候，我呆滞地四处走动，没想到却遇见了摇月。

她那杏仁形状的眼睛睁得大大的，眼神深邃得仿佛能将人吸入其中。

摇月什么都没有说，只是默默地和我擦肩而过。

在那个瞬间，摇月好像用手指若无其事地碰了一下我的手。我吓了一跳，不由得转过身去。可是，摇月却没有回头。我突然间察觉到了视线，那是满脸愕然的坂本。我只好别过脸去，慌慌张张地离开了。

转眼就到了放学时间。我径直回了家，开始收拾东西，将换洗衣物和牙膏、牙刷都一股脑儿塞进包里。

可是，在收拾东西的过程中，我依旧迷茫不安。我明明清楚，对摇月而言"离家出走"是必要的，可我的思考还是陷进了迷宫里，被一种来路不明的阴暗想法所捕获了。我总觉得自己好像在把摇月带往不好的方向，甚至怀疑自己是不是想要摧毁她的人生。三班那群女生窃窃私语的声音在我的耳边回响着。

"最近总是跟在摇月屁股后面，像影子一样的家伙……"

也许，我终究不过是摇月的影子罢了。也许，我只是希望以影子的身份，把摇月从聚光灯的璀璨光芒下，拽去舞台侧翼的无边黑暗中。

我的一半是父亲，一半是母亲。

一半是影子，一半是盐。

我想，我永远都无法成为一个独当一面的人。也许，有朝一日我会像父亲那样，觉得别人很碍事，给他人带来不幸。

果然，我是一个残缺不全的人。我压根儿就没有能跟摇月远走高飞的资格。

我满脑子都是这些消极且阴暗的想法，其实是相当奇怪的。可是，当时的我无法如此冷静地思考这件事，如同黑洞会将周围的空间尽数扭曲，开在我心里的那个黑洞，也将我的思考尽数扭曲了。

我呆呆地望着面前的旅行包，瘫坐在地板上，任由时间白白流逝。

太阳下山了，夜幕降临了，窗外的雪也飘起来了。

摇月还在等着我吗？

她孤零零地冻僵了吗？

在无尽的迷茫中，我最终还是没有去那个和摇月约好的地方。

我彻夜难眠，像一尊石像，一直凝固着等到了旭日东升。

10

摇月没有责备我，甚至再也没提过"离家出走"，仿佛这件事从一开始就不曾存在。

只是，我跟摇月之间似乎发生了某种决定性的变化，就像从 0 到 1 那样微妙却冷酷的微小变化。

摇月再也没有当着我的面弹过钢琴。她也不再来上学了，只是把自己关在家里，独自练琴直到比赛开始。或者说，陪伴着她的是兰子女士的怒吼声，而我则成了摇月的"排气孔"——平日里，她会和我聊大概一小时毫无营养的东西，仅此而已。我想，为了排气而存在的"孔"，和"影子"多少有点异曲同工之妙。只不过，那是我自己选择的位置罢了。

摇月毫无悬念地赢下了全国选拔赛。在接踵而至的亚洲大赛上，摇月拿到了小学三、四年级组的第一名。肖邦国际钢琴比赛的亚洲赛区会发售一张纪念专辑，里面收录了所有金奖获奖者的演奏。而收录了摇月演奏的那张 CD，直到九月才发售。

我想我可以听到久违的摇月的演奏了，我满心欢喜地播放了那张 CD。因为自从"离家出走"事件之后，摇月就再也没有在我面前弹过钢琴。

摇月的琴声从音响中流淌而出，那是肖邦的《船歌》。

我惊讶得不得了。因为她那曾无比混浊的琴声，如今却如水晶般清澈。那是携着深切哀伤的动人演奏。

听到这种水平的演奏，大概没有人会想到，演奏者只是一位小学三年级的少女吧。

只是，不知为何，我觉得这不是摇月的音乐。

琴声中有船、有海——可是如今已经没有了蓝天，摇月的演奏再也无法飞向天堂。

那是已经放弃了祈祷的声音。

第三章 摇曳之月

Chapter.3

摇月就像她的名字一样，

变成了在湖面上摇曳的月亮。

1

我们升上了初中。小学的那些同学又成了初中同学。

摇月以小学四年级学生的年纪夺得了肖邦国际钢琴比赛亚洲赛区协奏曲 B 组的金奖——这个组别是没有年龄限制的——也就是说，摇月是史上最年轻的获奖者。第二年，她又夺得了协奏曲 C 组的金奖，再次刷新最年少获奖者的纪录。十一岁的摇月以古典钢琴家的身份成功出道。

"奇迹般的天才美少女钢琴家"成为摇月的宣传标签。这个"令人厌恶到作呕"的标签贴在摇月身上，让她接二连三地出现在电视中。摇月天资聪慧又富有胆识，即便是那些与钢琴无关的节目，也常会邀请她出演，甚至有了经纪人帮她管理行程。

那个经纪人叫北条崇，是一个鼻梁挺拔、戴着细银框眼镜的帅哥。他将摇月当成公主般捧在手心，仿佛能为摇月打开所有大门。为了在和摇月聊天时保持清新的口气，他的口气清新剂从不离身。北条脸上永远挂着自信满满的笑容，像是在强调自己是站在摇月身旁的白马王子。

北条的脖子上总是挂着一台看起来很重的相机，一有空闲就会拿起来拍照，他的梦想是将来通过某种形式将摄影变成工作。

我手上正好有一张他拍的照片，是我和摇月的合影。照片上的我眉头紧锁，因为我很讨厌北条。每当他用相机拍摄摇月的时候，都会浮现出一副令人无比厌恶的陶醉表情，老实说非常恶心。

我很清楚，那之中夹杂着崇拜与恋慕之情。要问为什么，因为太多男人都向摇月投去了相同的视线。

随着时间流逝，摇月出落得越发迷人。仅仅因为她的存在，无聊的教室也华丽得有如点缀了一朵纯白的花儿。为了来看摇月一眼，其他班和高年级的男生在窗前挤成了一堆。有时，甚至还会有其他学校的学生混进来。而摇月会眯起她那双杏仁眼，向那些男生投去冰冷的视线。摇月还是一如既往，既不故意引人注目，也不骄傲自满。

2

樱之下初中规定学生必须参加社团活动。

百般无奈之下，我最终加入了棒球部，因为清水也在那里。

清水看起来老实稳重，在棒球上有着卓越的才能。他小学时是四号位[1]兼投手，无论是击球还是投球，都表现出了惊人的水准。清水才刚上初一，就已经人高马大，身高将近一米八，就算将初三的学生算在内，也比其他人要魁梧多了。后来，清水快速挤掉了初三的学生，成为棒球队的正式队员。一般来说，如此引

1　四号位通常是队伍中的王牌打手。

人注目，是很容易招致他人嫉妒的，然而，清水何止没有被嫉妒，反而受到了大家的欢迎，这源于他身上有着不可思议的魅力。

清水总是笑眯眯的，为人开朗、性格天真、待人亲切，又有点呆呆的。不仅如此，清水总能在关键时刻挺身而出。他热爱棒球，训练时饱含热情，哪怕只是看着他打棒球，都会觉得很有意思；若能看到他大显身手，更是让人心情愉悦。所有人都会不自觉地对清水抱有好感。初一的棒球部成员比往年多了将近一倍，我想也是得益于清水的人格魅力。只要有他在，就会给人一种绝对不会发生孤立排挤之事的安心感。看到清水开开心心地训练，自己也会被他感染，仿佛能忘却训练中的艰辛。清水就是这样一个如太阳般耀眼的人。而不知为何，如太阳般耀眼的他却中意我这个像是影子一样的家伙。托他的福，我在交朋友上没遇到多大的困难。我们会在社团活动结束后大笑着一起回家。清水头一次考试不及格，遇到留堂补习危机的时候，棒球部所有初一的成员都跑到清水家里去给他开学习会。我过上了开心的生活，这些开心的时光对我这种人而言甚至有些奢侈。

另一边，我和摇月渐行渐远。我们本来就在不同的班级，她也忙得不像样，不是开演奏会就是要上电视，行程表密集得令人眼花缭乱。尽管如此，她都没有落下钢琴，每天都是几近疯狂地练习，自然没有时间和我见面。

即便没有这些事情，我和摇月之间也很微妙。自从"离家出走"事件之后，她就变成了若即若离的存在。明明在我身旁与我一同欢笑，我却觉得她的心早已离我而去；明明看起来触手可及，我却觉得她远在天边。我以为自己已经触碰到她，可她又在转瞬间消散。摇月就像她的名字一样，变成了在湖面上摇曳的月亮。

然而，我还是大意了。我太过天真，自以为就像我对摇月情有独钟那样，摇月也会对我心有所属，从未怀疑过她对我的感情。

七月的某个黄昏，我一如既往地和棒球部的朋友们有说有笑地回家。相田突然发出了愕然的声音，我放眼望去，愣在了原地。

摇月和棒球部的队长并肩走在一起。

两人微微地低着头，营造出一种青春且暧昧的氛围。相田大受打击，像是胸口被捅了一刀那样呻吟着。

"五十岚她在跟队长交往吗……"

这么说来，欺负摇月的罪魁祸首之一就是相田。万万没想到，原来他到现在都还喜欢摇月。相田抱着脑袋，发出痛苦的嘶吼，眼角甚至有泪水滑落。

"他们在一起了吗？难道说……"

相田在女生中很受欢迎，此刻却表现出意外的纯情。虽然现在想来挺有意思，当时的我却完全笑不出来。我受到的打击不亚于被人用球棒朝着脑袋狠狠击了一下。

原来，我比自己想象中还要更喜欢摇月。

3

棒球部的队长叫六本木聪。

出于"侦察敌情"的心理，最近我一有空就会观察那个家伙。我心急如焚，越观察越觉得他是个好男人——个子高，长得帅，棒球打得好，成绩也很优秀。

"下个月的目标是成长为千本木[1]！"

他有着用玩笑把大家逗乐的服务精神。

"我会拿出 167 倍的实力！"

他还有着若无其事地把小数点给省略掉的机灵。

在大家都被他逗得哈哈大笑的时候，只有相田丝毫不掩饰自己的妒忌。

"什么破'千本木'，看我不把你给弄成'三本木'！"

虽然相田总在说些傻话，其实我跟他一样傻，已经在心里把"六本木"降级成了"大荒原"。那是毫不留情的"森林"破坏。为了想方设法地打倒六本木前辈，我开始疯狂沉迷于棒球训练。郡山车站东边的购物广场里，有一个三年前开的击球中心，我在那里通过自动击球机磨炼自己的技术，将自己的手练到长满茧子。

这期间我曾多次目睹六本木前辈和摇月一起回家。每当这种时候，相田都会发出奇怪的惨叫，悲痛万分。

---

1 "本"在日语中意为量词"棵"，"六本木"就是"六棵树"的意思，此处的"千本木"以及下文的"三本木"和"荒原"均为对这个梗的沿用。

经过两周的刻苦训练，我终于迎来了和六本木前辈一决高下的绝佳机会。其实，那不过是一次训练，可我却认真到不像话。我全力挥棒，打出了两个界外球、两个好球、两个坏球。我还将一个外角有机可乘的球给狠狠地打了回去，实现了一垒打。虽然想摆出胜利的姿势，但我始终保持着高冷，或许这就叫青春吧。

下一个击球手是相田，他一站上击球区，便露出了凶神恶煞的表情，仿佛要把坏球紧紧咬住一般。又是一次一垒打。相田欣喜若狂地欢呼着，像是一头兴奋的非洲象。

"真行啊。初一的……"

六本木前辈苦笑着擦了擦额头上的汗。这一次，轮到清水站上击球区了。球棒在人高马大的清水手里看起来像根冰棒。他愉悦地缓缓摇摆着身躯。

我不由得心想，他绝对能打个好球。

"砰——！"随着一声令人心旷神怡的巨响，球被清水打到了难以置信的高度。

"啊哈哈哈——！"清水笑了。每当他确信自己打出了本垒打，便会发出如此爽朗的笑声。正是因为他这种难以言喻又让人心情愉悦的笑声，清水被我们喊成"大魔王"。

面对这极致的喜悦，我也学着清水那样"啊哈哈哈"地笑了。紧接着，相田也笑了。我们仨一边发出奇妙的笑声，一边心情愉悦地跑垒，最后上了本垒。六本木前辈露出了失败的表情。

我暂时沉浸在胜利的余韵中，望着其他初一学生击球。

旋即，我恢复了冷静。

就算在棒球上稍赢了六本木前辈，又能怎么样呢？

我望向身旁，相田还是一脸傻笑。

4

七月迎来了终结——毕业典礼[1]在上午就结束了，下午是完全自由的时间。

我心不在焉地绕着校舍慢悠悠地散步。无论身在

1　八云只是升一级，并未毕业。

何方,我都能听到吹奏乐部排练的声音。我想起了摇月,这个时候她身在何方,又在做些什么呢?

就在我绕到校舍背面的时候,我听见了惊呼声。

仔细一看,摇月背靠着校舍墙壁坐在地上。

面对这意料之外的邂逅,我不知如何是好。

"好、好久不见,我先走了……"

"你等等。"摇月抓住了我的衣服下摆,"为什么急着走啊?这么久没见了,聊会儿天嘛。"

摇月让我坐在她身边。我的心跳疯狂加速,我们曾经是那么亲密无间,如今却生疏得仿佛初次见面。我偷偷窥视着摇月的侧脸,她以前有这么漂亮吗?

"你还好吗?"

我慌张地回答道:"还行。"

"有好好吃饭吗?"

像是一个操心独居儿子的母亲会问出来的问题。

"摇月,我看你好像很忙的样子,你还好吗?"

听到我这个问题,摇月顿时露出了恶作剧般的笑容,她的身子微微前倾,说道:

"八云,你要担心我还早了十年呢。"

"什么嘛……"

我故作泄气地别过了脸——其实，我只是不想被摇月看见我那红透的脸。她裙下隐约可见的白皙大腿、无比可爱的笑容，都让我害羞得不得了。

短暂的沉默过后，我还是没忍住，问出了那个我一直警告自己不要问的问题：

"摇月，你是在和六本木前辈交往吗？"

摇月狡黠地笑了。那是充满优越感的小恶魔般的笑容。

"你很介意吗？"

"……没有，你误会了。"

"骗人，你其实很介意吧？"

我闭上了嘴。

树荫在夏日阳光里清晰可见，它在我视野的尽头缓缓摇摆着。

然而，摇月却心满意足地嘟囔道：

"明天开始放暑假了呢。"旋即，她又偷偷瞧我，"那个，你明天有空吗？我有件事情想请求你。"

"什么事？"

"明天来我家玩吧。"

5

第二天，我来到了摇月家，在极度紧张中按下了门铃。

门马上就开了。宛如纯白花儿一般的摇月出现在了我的眼前，身穿一件白色的连衣裙。

"欢迎！"摇月微笑着把我迎进了家。我已有整整一年没来过她了，总觉得有股令人怀念的气味。

就在我沉浸于感慨中时，我却在客厅里遇见了一个意料之外的人，嫌弃到差点喊出声来。对方貌似也是如此。摇月的经纪人北条旁若无人地坐在客厅里，他看见我，鼻翼都微微地抽搐了一下，露出僵硬的笑容。

"好久不见，八云。"

摇月淡然地微笑着。见她这副表情，我便隐隐地有了直觉。摇月今天大概是被迫要跟这个男人共处一室，出于强烈的厌恶，她才召唤了我。

我在心中咒骂着这个男人，摆出虚伪的微笑，坐到了桌前。

"今天这么难得，作为纪念来拍个照吧。"

虽然不知道究竟有什么值得纪念的，但北条已经用那台挂在脖子上的相机给我们拍了照。这家伙肯定会裁下我的部分扔掉，然后将摇月穿着连衣裙的照片挂到墙上去吧。

一番闲聊过后，我们一起吃了北条买来的奶油蛋糕。当然，蛋糕只有两份，摇月分了一半给我。

"八云，来，草莓也给你吃。"那个瞬间，北条的鼻翼又抽搐了一下。

"那我的草莓就分给小摇月你吃吧。"

"不用了，我今天不怎么想吃草莓。"

"真巧啊，刚好我今天也不怎么想吃草莓，你不用客气的。"

"这样的话，就都给八云吃吧。"

于是，我那块小小的、形状不规则的蛋糕放上了两颗草莓。看到北条恨得牙痒痒的表情，我忍住不笑出来着实辛苦。他仿佛在怒骂着"把我的草莓还回来！"

这时，北条突然起身去了旁边的房间，他用音响放了一张 CD。里面传出了摇月的钢琴声。就在那一刻，摇月向我使了个眼色。北条露出了看起来很聪明的微笑（没准他就是这么想的），不紧不慢地回到了座位。然后，他就开始慢条斯理、气势汹汹地向我解说摇月的演奏是多么出色。

摇月的脸红了，北条瞥了她一眼，更加得意了。摇月连耳朵都红了，也许北条以为摇月是在害羞吧，实际上那是无比的愤怒。

我想，再这样下去，摇月很有可能会把北条骂个狗血淋头，于是我慌慌张张地离开了座位。

我假装要去上厕所，实际上通过另一条路去了放音响的那个房间。趁着曲子切换的间隙，我偷偷换了一张 CD，然后若无其事地回到了客厅。不知道北条是不是趁我不在时又多嘴说了些什么，摇月的愤怒已经达到了顶点。

就在这个时候，曲子流淌而出。

摇月的表情顿时柔和了下来，她望向了我，而我只是浅浅地咧开嘴角。

北条貌似完全没有察觉到演奏者已经换了人，还是像刚才那样继续着他的夸赞。

摇月没忍住笑了出来，只好连忙低下头去掩饰自己的笑意。

北条貌似对摇月的反应产生了什么误会，干脆夸得更加离谱了。

"这是只有小摇月才能弹奏出的声音！"

我努力地忍住笑，说道：

"您说得对极了！"

摇月又绷不住笑了，干脆假装打了个喷嚏掩饰过去。

每当北条胡言乱语些什么，我都感觉自己好像和摇月成了共犯，心中充满了不可思议的甜蜜。在桌子底下，我的右手和摇月左手的小指突然碰在了一起。我不知道那触碰究竟是有意还是无意的。

不过，我无意去探寻真相，就这样保持着暧昧也是一种选择。

既不分离，亦不纠缠，我们只是用小指相互触碰，仅此而已。

我由衷感谢这位代替摇月为我们奉献了精彩演奏

的女钢琴家。

谢谢你，玛塔·阿格里奇。

6

自那之后，我和摇月之间的距离又在不经意间拉近了。我会去摇月家里玩，摇月也会来我家。只不过，她还是一如既往地不肯在我面前弹钢琴。

时间来到八月，我们一起参加了在郡山车站附近举行的采女祭[1]。

我在摇月家门前苦苦等待，大门终于打开，摇月现身了。

我的目光被完全俘虏了。摇月穿着一件鸢尾花纹的蓝色浴衣，系着鲜红色的腰带，在她盘起来的黑发上，还零星插着一根可爱的白色花簪。

我甚至觉得，在摇月现身的那一刻，四周的淡淡

1　采女祭是日本郡山地区为了纪念与安积郡的合并，以当地的民俗传说"采女传说"为主题所设立的节日。

昏暗仿佛都因为她而豁然明朗起来。

摇月看着我，露出了灿烂的笑容。

"怎么样？好看吗？"摇月在我面前转了个圈，展示着她的浴衣。木屐发出清脆的声音，我好像闻到一阵幽香，不敢直视摇月。

这时，宗助先生从门里走了出来。我十分惊讶，上次见到他还是在我打碎他家那扇双层窗的时候。他说了一句"我送你们到车站吧"，从我身旁穿行而过，走向车库。摇月只是若无其事地说着"走吧"，便迈开了脚步。我虽然有些困惑，但还是跟了上去。

白色的跑车行驶在路上。街景在窗外缓缓流动。

我不知道应该说些什么，只好沉默不语。摇月也如同女儿节人偶 [1] 般安静。

宗助先生突然开口了：

"八云，好久不见啊。我经常听摇月提起你。"

"……啊，好久不见。"

---

1 女儿节是日本的五大传统节日之一，每年三月三，有女儿的家庭都会在家中摆放"女儿节人偶"，祈求女儿茁壮成长。

我瞥了摇月一眼，她只是沉默地眺望着窗外。

"你加入了棒球部对吧？"

宗助先生提起了社团活动的话题，我顺着话茬儿不动声色地聊到了六本木前辈，可摇月却没有任何反应。

"宗助先生上初中的时候，参加过什么样的社团活动呢？"

"我倒是没有参加社团活动，一直在弹钢琴。我还上了音乐大学，在那里遇到了兰子……虽然我在音乐上碰壁了，可摇月的才能完全不输兰子。长相也随妈妈。真不知道摇月到底哪里像我啊。"

宗助先生的口吻很是落寞，仿佛在说"女儿一点都不像我"。

"我想，也许是温柔这一点像您吧。"我不由得说道。

宗助先生露出了惊讶的表情。我们在后视镜里对上了眼神，我感觉他的瞳孔深处仿佛闪烁着如孩童般纯真的感情。可是，宗助先生马上就别开了脸，声音听起来有些苦涩。

"……我可不是这么温柔的人……"

"爸爸很温柔哦。"

摇月凝视着窗外这样说道。

宗助先生直直地望着前方，双唇一张一合，终究没有说出话来。父女明明坐在同一辆车上，却仿佛驶向了相反的方向。

"罚款"——这个词突然在我的记忆深处复苏。

宛如埋在泥里的一枚贝壳，是永远都不会消失的异物。

7

车站附近已是人满为患。

我和摇月穿行于小摊之间，吃着棉花糖、苹果糖和土耳其烤肉之类的东西。独自维持生计的我对祭典上那宰客般的高价有些望而却步，摇月却高兴地不断尝试，露出了可爱的笑容。

祭典音乐不绝于耳。人群犹如一条平缓的河流缓缓流动着，他们迈步向前或突然变换方向，这些时刻不经意间和太鼓的声音重叠在了一起。女孩们头上的发簪碰撞出清脆的响声。金鱼在水中欢快地游动。一切看似杂乱无章，实则有着独特的韵律，此起彼伏的鲜明节奏宛如海浪一般，时而高涨，时而飘散。

我感觉大脑好像被喷了一层油漆，每当我身处人群时便会如此。太过冗杂的信息和感情流淌进来，让我头晕目眩，那感觉就像是来到一片陌生的土地，在旅途中晕车那样难受。

跳舞的队列在我们面前穿行而过。

我突然听见一声惊呼，转头望向声音的方向。

那是呆若木鸡的六本木前辈。他和两个初三的学生待在一起，貌似也是来玩的。

然而，他的样子看起来有些不对劲。他睁大了双眼，来回打量着我和摇月。

"那个，五十岚——"六本木前辈开口了。我们五人在汹涌的人潮中央停下了脚步，来往的行人表情厌烦地躲开我们。六本木前辈尴尬地用食指挠了挠脸颊。

"五十岚，你不是说今天有事吗？"

我望向了摇月，她的表情云淡风轻。

"对啊，这就是我的'事'。毕竟是八云先邀请我的。"

我记得，最开始提起要来这个祭典的人并不是我，而是摇月。前辈好像还是一副不太能理解状况的模样，念叨着："啊，是吗……"

"那再见。我们走吧，八云。"

伴随着清脆的木屐声，摇月快步离去。我朝依然呆立的前辈点头示意，去追赶摇月。

"摇月，"我终于追上她，开口道，"你不是在和六本木前辈……"

"没有这回事！"摇月的回答斩钉截铁，"他一直纠缠不休地找我，我才在放学时和他一起走而已。我觉得一直无情回绝人家不太好，毕竟他是个好人。"

"……可如果是这样的话，你还做那种会让人家误会的事情，不是更加残酷吗？"

听到我这句话，摇月立马转过身来，有些不高兴地说道：

"八云，你希望我跟六本木在一起吗？"

"我可没有这么说过。"

摇月的眼角闪烁着似红似蓝的光芒，她再次转过身，迈步向前。

8

　　我们坐上了开往三春船引方向的公交车，约莫十五分钟后在水穴站下了车。经过五分钟的路程，我们到达了富久山烟火大会的会场。阿武隈河的河畔聚集了大量人流，好位置早已被抢占一空，我们便沿着河边找到一个离得稍远的地方，铺开塑料垫子坐了下来。距离烟花发射还有一阵子，因为六本木前辈的事情，我和摇月之间依旧弥漫着有些苦涩的气氛。

　　这时，摇月突然说道：

　　"八云，你知道采女祭的起源吗？"

　　于是，摇月给我说起了"采女传说"。

　　大约一千三百年前，郡山市的前身——陆奥国的安积郡因为长期霜害而无法向朝廷进贡，当地人向从首都奈良来的巡察使葛城王诉苦，希望能免除进贡。然而葛城王没有同意。当晚，人们设宴款待葛城王。可是葛城王非常不满，认为当地人对自己的款待是敷衍了事。

就在此时，一位端庄美丽的女子——春姬现身了。

春姬左手捧觞，右手持杯，扣王之膝，咏歌曰：

安积香山影，见投山井中，浅心如浅井，不是我
襟胸。[1]

这首和歌的意思是"我们并没有以一颗能倒映出
安积山的影子般透彻的心，也没有如同山间浅井般清
澈的酒来款待您"。春姬右手的水意味着"山影"与"浅
心"，左手的酒意味着"真心"。葛城王见此情景，高
兴地喝掉了春姬递来的"真心"。心情大好的葛城王将
春姬作为采女[2]献给了天皇，以此为条件免除了安积郡
三年的进贡。

春姬有一未婚夫，唤作次郎，两人相亲相爱，可
最终还是含泪分别。

---

1 原文出自《古今和歌集》第 1112 首"安积山之辞"，这里采用的
 是 1983 年复旦大学出版社出版的《古今和歌》杨烈译本。
2 采女是日本古代皇室的一种女官，负责照顾天皇和皇后的生活起
 居，亦作为天皇的嫔妃。

春姬在都城得到了天皇的宠爱，可她心中对次郎的思念越发深沉。在一个中秋月圆之夜，不堪寂寞的她趁着热闹非凡的宴会，跑到猿泽池边，把衣服挂在柳树枝上，伪装成投水自尽的样子，实则逃回了故乡。

毫无疑问，那是一段摧心剖肝、充满苦难的旅程。春姬身心俱疲，历经千辛万苦终于回到了故乡，等待着她的却是悲伤的现实：次郎在失去春姬后悲痛万分，已在山之井清水中投水自尽。

在一个大雪纷飞的晚上，春姬也跳进了山之井清水，随心爱之人而去了。

不久后，春回大地，冰雪消融，山之井清水的四周开满了惹人怜爱的无名淡紫色花儿。这些花仿佛脱胎于春姬和次郎的爱情结晶，被后人称为"安积花菖蒲"。

关于采女的传说，还有一个从奈良视角出发的版本，说是春姬觉得天皇对自己的宠爱日渐式微，悲痛不已，于是在猿泽池投水自尽。

摇月讲述的这个从郡山视角出发的悲恋传说，直接将奈良版本给省略了。

"真是一个悲伤的故事。"我这样说道。摇月也叹了口气。

"你觉得我们能从这个故事里得到什么教训呢？"

"教训？"我思索片刻，回答说，"爱情是绝美的？"

"好庸俗啊。"摇月有些无语。

过了一会儿，她回答道："我们能从这个故事里得到的教训是'女人必须发挥自己的聪明才智'。因为女人太弱小了，不绞尽脑汁、用尽手段的话，就无法实现自己的心愿……哪怕只是一段微不足道的恋情也好。"

"是吗？"

"你不会懂的。毕竟八云你还是个孩子呢……"摇月的这番话听起来有些落寞。

此刻，夜空中燃起了巨大的烟花，阿武隈河的河面如同镜子般闪耀着光芒。

那是一个美不胜收的夏夜。

第四章 祈祷

Chapter.4

这世间不存在足以挽留我灵魂的重力，

学校没有，家人没有，故乡也同样没有。

1

我们过上了一段安稳平和的日子。我升上了初二，六本木前辈也毕业了。自从那次的采女祭之后，我就再也没有见到六本木前辈和摇月走在一起了。

那次击败他之后，我全身心投入棒球，击球能力有所提升，成为棒球部的正式队员。其实，我更擅长的是盗垒。我能隐约看穿投手的犹豫和对方意识中的死角。清水自不必说，相田也作为优秀的击球手加入了正式队员的行列。

而我和摇月依旧保持着那种若即若离的关系。我们仿佛走在一条被高高的栅栏一分为二的漫长道路上，并肩而行，有说有笑，只是并不牵手。唯独在弹钢琴的时候，摇月会躲起来，曲终时她便继续和我一起漫步人生路……

这种关系，应该怎样去定义才好呢？

然而，这种不温不热的日子在不久后也迎来了终结。

我不知道应该如何形容下一段时光的温度。

那是我即将升上初三那年三月的事情。

屋子摇晃了起来。

所有放在架子上的东西都掉了下来。花瓶碎了，灯光灭了，书本在天空中飞舞，衣柜在地板上滑行——整栋公寓都伴随着尖锐的响声扭曲了。人们的惨叫声从四面八方传来……

那天是三月十一日——日本东北部大地震的日子。

何止是屋子，整个日本都在摇晃。

地震终于平息之后，我从床底灰头土脸地爬了出来，呆愣一会儿后急忙给摇月发去了邮件，确认她是否平安。当时我用的还是所谓的"翻盖手机"。

墙壁上出现了一道巨大的裂痕，宛如一条黑色的河流，从西边墙壁的正中央奔腾直下。我无法从那道裂痕中移开视线，那些早已忘却的阴暗情绪仿佛正从中流淌而出。

我收到了一封邮件，却不是摇月发来的，而是父亲。

"没事吧？"

我这才想起来，原来自己还有个父亲。

我合上手机，思索片刻，这样回复道：

"没事。"

和父亲的对话就这样结束了。

摇月的邮件终于发来了。她的演奏会貌似是在东京举行的。她非常担心我。我再次回复："没事。"

下午三点，我走出了家门。公寓的楼梯到处都是新的裂痕。混乱的人们在路上左冲右突。不久前还是死寂般的阴天，地震后却刮起了暴风雪。

我想起了小学三年级时母亲变成盐的那个夏天。安达太良山对岸那厚重的积雨云如同一枚巨大的炸弹，让世界都走向终结的那个炎热夏天。

也许我已然来到了那座山的对岸。

那里寒冷刺骨、暗无天日，下着冰冷的雪。

2

郡山市的受灾情况和沿岸地区相比已经算是轻的。

我所住的樱之下区仅仅是网络和电话通信暂时中断而已。即便同样是在郡山市内，不同地区的受灾情况也是各不相同，有些地区的基础设施已经瘫痪，有些地区的生活却依旧与地震前无异。但由于商品流通出现了阻滞，店铺货架上的食物都被一扫而空。医院变成了避难所，人满为患。

另一边，电视上报道的光景相当凄惨，宛如人间炼狱。

汹涌的海啸主要袭击了岩手、宫城、福岛的沿岸地区，造成了极其严重的损失。不仅如此，福岛第一核电站遭到海啸袭击，核反应堆停电后失去冷却手段，导致一、二、三号机组发生堆芯熔毁，大量放射性物质遭到泄漏。

我和朋友以及摇月保持着联系，目不转睛地看着新闻画面。

网络恢复之后，我看到了普通民众上传的视频：混浊的褐色海水涌进了城市，建筑物和车辆都被冲走了，拍摄者的惊呼声和人们的惨叫声此起彼伏……

我冲进了厕所，狂吐不止。

冷冻食品融化成糊状后的酸性呕吐物灼烧着我的喉咙。我的眼泪止不住地流，大脑也变得乱糟糟的，头晕目眩，连站都站不稳。

在全国范围内，很多人和我一样，在看过受灾地区的视频后身体出现了问题。这种情况貌似被称为"共情疲劳"，对他人的苦难和伤痛过分共情，以至于自身疲惫不堪。

而我，除此之外还加上了某种特殊的幻肢痛。被海啸摧毁殆尽、留下一片断壁残垣的悲惨土地成为庞大的空白。那是我迄今为止从未感受过的、过分庞大的空白……把胃全部排空之后，我感觉身体好像变得透明了。我浑身使不上劲，只能茫然地瘫坐在满是呕吐物的马桶前。

3

地震后的第三天，我家的门铃响了。

我和母亲去世的那个时候一样，卧床不起。我在迷迷糊糊中打开了家门。

站在我家门前的是——"影子"。

上一次见他，还是小学三年级的那个夏天，我跟他说"你还是下地狱去吧"的那天……直至今日已过去了五年。父亲的模样未曾有任何改变，他一如既往地穿着一身黑，站在门口。

"小子，你还挺精神的嘛。"

父亲这样说道，狡黠一笑。我心中五味杂陈，就像重新发现自己那早已忘却的丑陋伤疤。

我既没有欢迎他进来，也没有赶走他，只是呆呆地站着。

"我要进来了。""影子"自作主张地进了家门。他放下了手中的食品袋，又下楼去取其他东西。我躺回到床上，闭上眼睛静静聆听着他的脚步声。

在那之后，我和"影子"一起住了三天。

我的生活不分昼夜，在清醒和昏睡中不断重复，每天基本都躺在床上度过。当我醒来时发现父亲还在家里，他几乎一直在僻里啪啦地敲键盘写小说。父亲了解到我只要一看新闻，身体状况就会恶化，便拔掉了电视的天线。取而代之的是，他没完没了地播放自己喜欢看的迪士尼电影。我们之间并没有多少对话，只是一边吃着杯面，一边看《小熊维尼》或是《阿拉丁》。那是一段不可思议的时间，我觉得自己好像身处在一个很久以前的奇妙梦境中。

　　父亲依旧是那个"影子"——只是，我隐隐约约在他身上感受到了亲切和安心。

　　可是，"影子"又在不知不觉中消失了。

4

　　即便到了夏天，我的身体状况还是糟糕。我开始经常性地请假。尽管清水对我担心不已，可我也不知道应该如何向他解释身体不适的原因。

　　福岛第一核电站泄漏的放射性物质已经成为全日

本的问题。因为农作物遭到污染，有些农民选择亲手结束自己的性命，而有些前往其他地区避难的孩子也遭到了欺凌……

我又开始收集花儿了。一如母亲失去四肢的那个时候。

只是这一次，空白实在太过庞大，无论摘多少花儿也不足以填补。

走投无路的我逃进了游戏的世界。那是一个网络游戏，只要把敌人打倒，就会有"花儿"掉落，我没完没了地收集着那些花儿。只要我"砰砰砰"地攻击对方，花儿便会"呼啦啦"地掉落。伴随着各种声音，我仿佛是在敲击一个歪斜又可爱的太鼓，那是无限重复的富有节奏感的单调作业。然而，我的疼痛却不可思议地平息下来。

即便不是真正的花儿也没有关系，说到底摘花本就是一种概念性的行为。

另一边，自从地震之后，摇月一直心神不宁。世上不如意的事情实在太多了。

我们经常在大半夜溜出家门去散步。深夜的街道一片寂静，似乎从未有过问题。公园里的娱乐设施看起来像是在香甜酣睡的大型动物。然而，现实中的空气里弥漫着放射性物质，如同慢性中毒般持续地造成污染……这种景象是如此不可思议，让人心烦意乱。

——为什么那一天，摇月会如此愤怒呢？

我还记得，当时好像是某个名人公开表示："现在还住在福岛的人是相当怠惰啊。"

"应该马上逃跑！"

"知道辐射的危害，居然还能心安理得地住在福岛？"

"父母们是不害怕因为自己的一意孤行让孩子患上甲状腺癌吗？"

对于这些话，摇月少见地言辞激烈："就你有嘴啊，蠢货！一大把年纪都没办法冷静分析问题，任凭自己情绪化地去瞎说一些徒增灾情的屁话。究竟是站在什么样的立场上才能说出这些话啊？！这一切明明不是福岛居民的过错，福岛人都是抱着无法与福岛割舍的思绪活下去的，为什么连这一点都想不到呢……"

当我注意到摇月的情绪时，她已经泪流满面。在那段日子，摇月时常落泪，她和兰子女士的唇枪舌剑如同家常便饭，积攒了太多情绪。

我抬头仰望着夏日的夜空，那是一个月明星稀的美丽夜晚。我叹了口气，说道：

"这种事情也是无可奈何的。世上就是有那么多缺乏想象力的人，就连我都不知道自己到底有没有想象力。"

"可八云你不是在担心自己因为缺乏想象力而会伤害到别人吗？"

我们在阿武隈河的河畔席地而坐。我突然想到，今年还能看到烟花吗？

"我还要不要继续弹钢琴呢……"摇月的语气充满不安，"就算我钢琴弹得再好，也派不上任何用场，不是吗？既不能填饱大家的肚子，也无法拯救他人的性命，我谁都救不了……"

我没法简简单单地安慰她说"不会的"。摇月的烦恼是真心的，我也不由得和她一起陷入苦恼。可是到了最后，我也没能很好地表达出什么。

"一定有人会被摇月的钢琴声拯救的。"

"但愿如此吧。"

我听摇月抱怨过，由于她的人气太高，有些观众甚至将演奏会误认为是偶像的演唱会。这些事情大概也让摇月的内心变得更加脆弱了。

令人窒息的沉默降临了，此刻阿武隈河的潺潺流水听起来莫名地寂寥。

"八云，有一天要是我不在了，你怎么办？"摇月突然问道。

"啊？"

我不由得望向摇月。她凝望着我的视线是那么直率。

"我妈说现在福岛很危险，所以让我毕业后去意大利留学……"

"所以你们才一直吵架吗……"

摇月点了点头。

"八云，你怎么想？"

那是夹杂着些许恳求的眼神。我凝望着摇月的眼睛，片刻后回答说：

"我觉得你还是去留学比较好。"

摇月看上去很吃惊。她难以置信地摇了摇头。

"为什么？"

"因为没有人知道核电站的事情最后会发展成什么样，如果可以逃难的话，还是离开这里比较好。"

"……为什么你也要和我妈说一样的话呢……"

摇月突然站起身来，然后跳进了墨黑的阿武隈河。

随着"扑通"一声，摇月的身影消失在了水面上。

我惊呆了，立马站起身来。

很快，摇月从水里探出了头。她的一头湿发比夜空还要黑。

我的心脏不安地剧烈跳动。原来我也在恐惧辐射。此刻的阿武隈河在我眼中仿佛成了一条有毒的河流。即便景色再怎么优美，我也会被无意识地灌输"这里已经遭到了污染"。

"辐射都给我去死吧！"摇月的眼神无比坚毅，"我是在福岛出生的。我是吃着这片土地上的食物、喝着这条河里的水长大的。怎么可能随随便便地逃离这里啊。一旦我出国留学，我心中的无尽悲愤与悔恨就再也没法传达给任何人了。别人会说我落荒而逃，说我抛弃了福岛！"

摇月哭了。她激烈的真情流露让我惊讶不已。

那是我所欠缺的感情。我心中对福岛并没有如此深厚的感情。我从未将福岛当作故乡，也不觉得福岛有多么惹人怜爱。

而这一切，毫无疑问不是福岛的错，而是我的错。

我想，那就像是"轻盈"和"轻松"的区别，两者看起来相近，实则完全不同。

摇月的灵魂尽管轻盈，但是却并不轻松。

我的灵魂并不轻盈，但是却轻松至极。

这世间不存在足以挽留我灵魂的重力，学校没有，家人没有，故乡也同样没有。

我只是因为哪儿都去不了，所以才停留在原地而已。我就像是在排水口周围四处漂荡的毛发，一旦产生空白，我便会被吸入其中，随波逐流，苦苦挣扎，纠缠不清，仅此而已。

我不知道自己为什么会落到这种地步。摇月在福岛得到了某些无比珍贵的东西，我却早已将这珍贵之物给尽数打翻，苟活至今。

在短时间内领悟到这一点后，我突然想找个地洞钻进去。

我的灵魂如同一只充满氢气的气球，轻如鸿毛。我羞愧难当。

像是在给自己找借口，我说道：

"摇月，你这不是逃跑，也没有抛弃福岛。你只是去意大利深造而已。只是为了跟随优秀的老师，弹奏出更加优美的音乐而已。你只是想用美妙绝伦的音乐，而非无聊透顶的话语去传达出自己的心情而已。"

摇月依旧沉默不语。随后，我听到了她的声音，宛如一个从水底缓缓升腾而起的泡泡：

"八云，你呢？"

"我？"

"没有我的话，你会活不下去吧？就像是在祭典上捞到的金鱼那样，很快就会死翘翘的。你现在已经是一副哀号着的半死不活的样子了。如果我真的走了，你肯定会出事的。"

原来摇月是在担心我，旋即我又想到如果我说了"没有你我真的活不下去"，那么摇月会为了我留在福岛吗？

我想，我没有那样的资格。我那轻如鸿毛般的灵魂，不应去挽留摇月那重如泰山的灵魂。地球和月亮之所以能相濡以沫，也只是因为它们相互之间都有着足够的重量。

"我没事的。又不是像以前那样的小孩子了。"

摇月垂下了头，紧咬下唇。她用手擦掉眼泪，爬上了岸。

"好吧。那……再见。"摇月从我身旁穿行而过，摇摇晃晃地走远了。

她的背影实在太过落寞，我不由得喊出她的名字。

"摇月。"

她停下了脚步。可我还是说不出话来。"路上小心……"

摇月朝着我微微转身，又一次踉踉跄跄地迈出了脚步，踽踽而行。

直到她纯白色的身影消失在视野里，我也迈步向前。

摇月湿漉漉的脚印依旧零星残存在路上。

我们分道扬镳，各自回家。

5

　　十一月，摇月的新 CD 发售了，封面上的照片让她勃然大怒。

　　那个夏天的夜晚，摇月跳进阿武隈河，泪流满面的身姿被原封不动地放上了 CD 的封面。照片被加工得异常美丽，摇月宛如夜空中的一轮孤月，泛着点点白光，河面宛如一面明镜，清澈地倒映出了满天繁星。

　　可是，摇月那无比鲜活的感情被栩栩如生地封存在了照片里。

　　CD 的标题名甚至叫"Sadness"，副标题是"为伤痕累累的故乡而祈祷"。

　　CD 的销量火爆异常。摇月的演奏质量自不必说，加上她出身灾区，CD 一发售就引起了轰动。然而，这张 CD 从最开始就是经过精心算计的。至于拍那张照片的人是谁，我再清楚不过了。

　　北条崇——那晚他貌似出于工作原因在五十岚家留宿。面对摇月咄咄逼人的质问，北条才承认说一切都是事出偶然。

"我那晚睡不着就出来散步，碰巧看到小摇月跳进了河里。那幅画面真是太美了，我情不自禁地按下了快门。"

我怀疑这番说辞的真实性，摇月也表达了强烈的抗议。

"是谁允许你用这种偷拍的照片做封面的？！"

"我允许的。"兰子女士这样说道，她望着摇月，"这不是一个绝好的机会吗？多亏了那张照片，CD不是都在全世界爆卖了吗？"

摇月难以置信地摇了摇头。

"你们真不是人！"

她大叫着冲出了家，连伞都没有撑，在瓢泼大雨中奔跑，浑身湿透地跑进了我家。自从那个夏夜之后，我和摇月就陷入了冷战状态。既然她都到我这里来了，不难想象她家里应该爆发了极为激烈的冲突。

我望着哭成泪人的摇月，手足无措，只好先递给她一条洁白的毛巾。

"这条毛巾……不是新的吗……很难吸水啊！"

至今我还清晰地记得，摇月在呜咽中这样说着，于是我给她换了一条旧毛巾。之后，摇月在我家洗了个澡，穿上了我的运动服。而在此过程中她一直在哭，一边哭一边不停地说着对不起。摇月道歉的对象是其他的受害者。她说这种情况被认为是沽名钓誉也无可辩驳。

"我住在郡山市……地震时也在东京……完全没有遭遇什么痛苦……我不过是住在受灾地区而已……可我却摆出一副仿佛是全世界最悲伤的表情……明明有那么多的人失去了家人……如果他们看见了这张CD……肯定会很生气的……我利用了大家的悲伤……如果有人因此而受伤的话我该怎么办啊……"

摇月哭得像个孩子。在她的感染下，我也掉了几滴眼泪。我偷偷在亚马逊和博客上查看那张CD的评价。一般来说，某样东西就算再好，只要评价的人数足够多，也会出现一定程度的恶言和谩骂。

然而，*Sadness*却没有任何差评，这一点让人大为不解。

"摇月，大家都知道你是一个非常努力、无比温柔的人呢。"

摇月哭得更厉害了。我不知如何是好，只能从架子上拿出田中希代子的 CD 放进唱片机里。曼妙的钢琴声流淌而出。

摇月暂时止住了哭声，她细细地聆听着，然后说道：

"呜哇……呜！希代子老师……希代子老师……"

摇月的眼泪彻底决堤了。无论我做什么，她都只是一个劲地哭着。

田中希代子当然不可能是摇月的老师。田中希代子在一九九六年二月二十六日去世，而摇月出生于翌年的三月三日，两人仿若擦肩而过。

可即便如此，对被记录下来的田中希代子老师的琴声，摇月还是献上了最崇高的尊敬和喜爱，将她称为自己的老师，并以她作为人生的榜样。

那实在是莫名的美丽，让我的心头都为之一紧。

摇月听着田中希代子的钢琴演奏，终于哭到累了，睡着了。

一滴清泪从她的脸上滑落，像是透明的冰块融化了一般。

一如田中希代子老师的钢琴演奏。那是一滴异常动人的眼泪。

第五章 叮咚叮咚

Chapter.5

我的人生明明承载了如此庞大的故事，

可为什么我却连一个字都写不出来呢？

1

我们升上了高中。

即便身体一直抱恙，我还是想方设法地考进了市里一所还不错的重点高中。

而摇月去了意大利的米兰音乐学院留学。

自从和摇月相识之后，那是我第一次过上没有摇月的日子。

倘若从结果而言，正如摇月所说的那样，我像是一条在祭典上被捞到的金鱼，过上了毫无生气、糟糕至极的高中生活。既然身在重点高中，就必须努力复习备考，时刻关注模拟考试的成绩。可是，我却完全无法在那些日子里找到真实感。地震给我带来的伤痛是翻天覆地般真实的。摇月无比细心地收集起来的，我羞愧难当地尽数打翻的，从来都不是成绩。就算上了一所好大学又能怎么样呢？我不想成为有钱人，也不想受他人的敬仰，更不想去做什么有意义的工作。

我只想成为一个正常人。

我只想填补那过分残缺的某些东西。

我开始囫囵吞枣地滥读小说，一如小学时收集花儿，初中时在游戏里收集"花儿"，高中的我开始收集"故事"。契机是我在网上看到的一篇《东日本大地震贡献者表彰》的报道。这篇短短的文章中讲到那些为了拯救他人而不顾危险、奋勇拼搏，甚至是牺牲自己生命的人的故事。文字本身平淡如水，我却看得热泪盈眶。人们在绝境中散发着人性的光辉，展现出英勇的姿态，他们的形象在我脑海中是那么伟岸。我甚至觉得自己连同那些被他们所救援的人一起得到了拯救。我想，是美丽的故事将我拯救了。它救赎了我心中某些无可救药的部分。

就像花儿可以不是真的，故事就算是虚假的也无妨。

即便是乱七八糟、荒唐无稽的虚构故事也可以。想要在空中楼阁中雕刻出什么美丽之物，一把名为"谎言"的凿子是必不可少的。关键在于有没有认真去对待、有没有在作品中倾注热血和灵魂。即便故事并不精致，也还是真情实感更得人心。我并不需要精心编纂出来的虚情假意。我最讨厌的就是那些如同商品般被精心创造出来的小说。即便并不完美，也还是那些能感受到作者热情的小说更胜一筹。这就跟孩子眼中的"好父母"是同一个道理。

后来的某一天，我心血来潮地去看了父亲写的小说。虽然不想承认，但他的小说确实出色。一本好的小说，总会有一些低俗小说所没有的东西，透露出如同透支寿命般的"真切"。可一想到父亲所透支的是母亲的寿命，我的心里就不是滋味。

摇月去了意大利后便音信全无了。既然我说过摇月不在也没问题，如果我主动去联系她，在某种程度上就算是我认输了。不过，我在私底下还是会悄悄关注她的动向。我想起了五月份被上传到视频网站上的一个视频。那是演奏会的录像，画面中摇月穿着简约的黑色礼服。

——看起来像是在服丧。

摇月的站姿让我产生了这样的联想，她站在舞台深处，在淡淡昏暗中仿佛转瞬即逝。

优美恬静的演奏开始了，那是肖邦的《第二号夜曲》。

我发现，摇月的演奏在根本上发生了变化。她的琴声里有着切实的回响，宛若夜空中的满天繁星在眼前闪烁。我想起了田中希代子老师的演奏。

摇月再一次开始祈祷般地去演奏了。

2

转眼间暑假到来了。

学校办了暑期讲习班，我一次都没有参加过，只是待在昏暗的房间里一个劲地看书，不时透过窗户迷迷糊糊地眺望夏日的蓝天。

清水告诉我说，他要登上甲子园[1]了。于是，我在八月十一日打开了电视。

夏日的甲子园在屏幕里看上去无比闪耀。

虽然清水只是高一，可他担任了圣光学院[2]的四号位。我不由得被他的实力所折服。

对手是日大三中。清水站在击球区，迅速挥棒打出投手投来的第一个球，棒球以高速飞了出去。二垒手捡到球之后，马上把球扔到了一垒。清水一个滑铲上垒。

判定是安全上垒。我松了一口气，刚才实在太过紧张，甚至忘记了呼吸。

"清水跑得可真快！"我喃喃自语道。甲子园里爆发出了狂热的欢呼声。

两支队伍在没有得分的情况下一直僵持到了第八局下半局——两人出局、跑者二垒，再次轮到清水击

---

1 甲子园指日本兵库的阪神甲子园球场，同时也是日本高中棒球的代名词。

2 圣光学院棒球队在现实中是福岛县的王牌队伍，曾经多次登上甲子园。

球。他细心地调整握棒的位置，眼神锐利地望向了投手身后的远方。清水有些愉悦地缓缓摆动着身体。我知道——他是准备要本垒打了。

第三球，清水以惊人的气势挥舞球棒。

伴随着清脆的击球声，棒球被击至高空。解说员的声音也无比狂热：

"击中了！球飞得很高！能飞出场外吗？"

我知道，球一定会飞出场外的。摄像机捕捉到了清水"啊哈哈哈"大笑着的瞬间。时至今日，清水依旧还是那个"大魔王"，我高兴得不得了。

"飞出场外了！本垒打！"

教练和队员们面带笑容地迎接了清水的凯旋，用力拍着他的后背。清水无论到哪儿都深受大家的喜爱。

第九局上半局，日大三中没能扳回两分，最终，圣光学院以 2∶1 战胜了对手。

欣喜若狂的圣光学院和含泪饮恨的日大三中——无论哪一方看起来都非常出色。

可是，我突然开始反省孤零零地坐在昏暗房间里的自己。

我到底是在做些什么呢？

一想到这里，我瞬间有些想死了。

3

新学期由一次面谈拉开了序幕。

班主任隅田老师四十来岁，教的是社会课，他瘦高个儿，四方脸，一年四季都穿着一件褐色夹克，就连脸上戴的那副黑框眼镜也是四四方方的，整张脸看上去像是个四方形。全班同学都得了会把各种建筑物看成老师的脸的怪病。

戴着四方眼镜的老师眨巴着小小的眼睛。

"八云，你真的在努力吗？"

他这样问道。我想他指的应该是成绩，我稍作思考。

"没有。"

老师眨了眨眼。

"你知不知道，这里好歹是一所重点高中？"

"我也觉得抱歉，可无论如何都提不起干劲。"

"你是身体不舒服吗？"

"有可能吧。"

"你去接受一下心理咨询吧，毕竟你也不笨啊。"

"我不想去。"

"不想去的话，就叫你家长来学校谈话。"

找父亲来谈话是我绝对不想见到的画面。于是，我去接受了心理咨询。当然，我很清楚就算去了也只是白费力气，所以干脆跑去医院的精神科。如果真能治好的话，我也是想要治好的。

医生看起来是一个相当聪明的人。

我强忍住羞耻感，向医生说起自己那特殊的幻肢痛。

"……然后，我在地震时感受到的疼痛实在太过巨大，从那以后就没法在日常生活中找到真实感了。唯独地震永远都是那么真实。我现在觉得自己好像身处海市蜃楼。那些写得无比虚假但又很厉害的小说、有趣的游戏、美妙的音乐，或是艺术作品之类的东西，我都觉得比日常生活更加真实。"

医生满脸写着无奈，和站在身后的护士小姐面面相觑。他用右手挠了挠自己的脸颊，说道："你的症状有点像是'乒乒乓乓'。"

"乒乒乓乓？"

"这是太宰治的一篇小说里的主人公，是一名退役军人。故事发生在日本接受波茨坦公告，输掉第二次世界大战之后，他突然间听到了锤子乒乒乓乓的声音。之后，每当他想要热衷于某些事情的时候，就会莫名其妙地产生乒乒乓乓的幻听，一下子失去耐心，自暴自弃……"

随后，医生在电脑上查了一下，又说了一句"啊，好像不是乒乒乓乓，是《叮咚叮咚》"之类让人摸不着头脑的话。

医生给我递来了电脑，我在青空文库上看完了这篇《叮咚叮咚》。

《叮咚叮咚》是一篇短篇小说，主人公饱受幻听的困扰，这种叮咚叮咚的幻听仿佛能将虚无都尽数粉碎。小说体裁是主人公寄给笔者的一封信。

"请您告诉我，这究竟是什么声音，以及我要怎样做才能逃离这种声音呢？"

笔者这样回复道：

《马太福音》第十章第二十八节："那杀身体，不能杀灵魂的，不要怕他们；唯有能把身体和灵魂都灭在地狱里的，正要怕他。"[1]

如果你能从耶稣这句话里感受到晴天霹雳，那么幻听应该就会停止了，言尽于此，情不能申。

"这是什么意思？"我向医生问道。

他又挠了挠自己的右脸颊，说道：

"老实说，我也不是很懂。"

我又思索了片刻。

"我觉得是因为日本的战败，导致这个男人对迄今为止的国家的幻想完全崩塌而痛苦不已。您不觉得这就好比是自己信仰的神明死去了吗？可是让为此烦恼的人去听信别国神明的神谕，是否有些微妙的荒谬呢？"

"你是在批判太宰治吗？"

"欸？难道这篇小说不是从全知的上帝视角出发

1　翻译引自中文《基督教大典》。

的吗？"

"是吗？"

"不是吗？"

"……虽然我也不太懂，不过，你是不是想得有点太过复杂了？"

"可我真的在为此痛苦。假设您的家人患上了疑难病症，那么，无论这种病症多么复杂，您应该也会去拼命地思考吧？"

医生沉默了。他的脸色逐渐发青。

"医生您之所以会想起《叮咚叮咚》这篇小说，大概是觉得我的情况跟小说人物有相似性吧？可是我不同，我从一开始就没有相信过什么东西。神也好佛也罢，从一开始就不曾存在过。只是我的日常世界在被海啸摧毁之后，又一次回归了日常而已……"

医生极其厌烦地摆了摆手。

"……好了好了，我知道了。你应该是因为地震带来的打击而导致脑子出了点什么毛病。我给你开点药，你记得按时吃。"

"我不是因为地震带来的打击才有毛病的，我从一开始就不太正常。"

"……啊，好烦啊好烦啊好烦啊！"医生突然尖叫了起来，"我就不应该当什么精神科医生的！"他抱着膝盖蹲坐在圆椅上，不停地挠着右边脸颊，一边抽抽搭搭地流泪，一边旋转着椅子。"你们这群人……脑子、脑子、脑子都有病！太恶心了！神经病不要来我的医院啊……这里禁止你们进入！我只让正常人来我的医院看病……"

我被吓得不轻，站在医生身后的护士小姐倒是动作娴熟地抚摸着他的后背，向我投来了愧疚的眼神。

"不好意思。之前有位患者自杀了，所以医生现在的状态不太好。"

我愣住了。

"……还是去看看医生比较好吧？"

"可他自己就是医生。"

这么一说确实如此。我离开了诊疗室，在医院的药房里取了抗抑郁的药物。

准备回去的时候，我有些担心医生的状况，便绕到医院的背面，抬头望向诊疗室的窗户。

我吓了一跳。医生正透过那扇窗俯视着我。他看起来垂头丧气的，像是一道被黄油刀从实体上切割下来的影子，身影中写满了落寞。

"多多保重。"

医生冷不丁地开口说道。不知为何，他那落寞的身形却深深地打动了我的心。

"谢谢你。"

我朝他鞠了一躬，离开了医院。

我想，或许医生一直目送着我的背影远去。

4

抗抑郁药物出乎意料地发挥了效用。

无论我看什么都会有些疼痛的症状竟然减轻了一些。在感官被扭曲之前，我所目睹过的正常世界，如今宛如海市蜃楼般在我眼前摇曳。不知为何，我觉得甚是怀念。我的感官通过药物发生了转变，让我有些看不进去书，于是那阵子我听起了音乐。由于难以察觉那些微小的瑕疵，音乐在我耳中比以往任何时候都要更加优美。

——我突然想到，金耳朵的人和木耳朵的人，究竟哪一方更加幸福呢？

可是到头来，抗抑郁药物也未能将我拯救。吃完药，我只感到了寂寞和空虚，像是喝完了一瓶无比美味的弹珠汽水[1]。之后我再没有去过医院。

另一边，彼时的摇月好像迷上了肖邦。

我听着《波兰舞曲》，查了查肖邦的资料。

肖邦出生在波兰，是一位浪漫主义时期的作曲家。他自幼天资聪颖，七岁时就写出了《G小调波兰舞曲》。肖邦一生饱受肺结核的折磨，在他十七岁的时候，妹妹也因肺结核去世。

一八三〇年十一月二日，二十岁的肖邦以演奏家和作曲家的身份取得了成功。由于波兰国内形势恶化，他决定离开自己的故乡。当时的波兰被沙俄、奥地利、普鲁士分割统治，国内的独立运动风起云涌。

---

1 弹珠汽水是日本的一种碳酸饮料，因瓶口处放置弹珠而得名，亦称"波子汽水"。

"我这趟旅途好像只是为了寻死。"

肖邦在寄给朋友的信中这样写道。也许他已经有了一些不祥的预感。尽管不知预感是否会应验，肖邦还是带上了与康斯坦齐娅·格拉德科夫斯卡[1]交换的戒指，以及一个装有祖国故土的银杯，启程前往了奥地利维也纳。

一八三〇年十一月二十九日，波兰"十一月起义"爆发了。武装起义的市民把沙俄军队驱逐到了华沙北边。爱国的肖邦也打算参加革命，可朋友提图斯告诫他说："你应该通过音乐来报效祖国。"最终肖邦选择留在了维也纳。

然而，维也纳也受到了波兰"十一月起义"的影响，反波兰风潮愈演愈烈，肖邦在维也纳遭到了冷落。最后，他壮志未酬地离开了维也纳。

后来，肖邦辗转来到德国斯图加特，在那里他得知华沙的革命军队已经被沙俄军队镇压，起义失败了。

---

1 康斯坦齐娅·格拉德科夫斯卡是肖邦的初恋，肖邦在离开波兰前弹奏了《离别》向自己的心上人告别。

想必肖邦度过了一段极其痛苦的日子。肖邦担心身在祖国的家人朋友的安危，被孤独寂寞所折磨……撕心裂肺般的悲伤大概也从未缺席。

从结果上而言，肖邦出发前的不祥预感是正确的，他再也没有回到过自己的故乡。

我想，我好像知道摇月为何会为肖邦而倾倒了。

思乡却不能还乡的悲怆，故乡遭受伤痛却又无处宣泄的愤怒——于是便只能将这些感情倾注于音乐中，摇月大概是将自己和肖邦的境遇重叠了起来。

一八三一年十二月二十五日，肖邦在写给提图斯的信件中吐露了心声：

"表面上我非常开朗。特别是在我的'朋友'面前(朋友指的是波兰人)。但是，我在内心深处总是饱受某些感情的折磨。预感、不安、梦境——或是失眠——忧郁、冷漠——求生的欲望，以及下一刻浮现的寻死的欲望。它们是令人愉悦的和平，也是令人麻木的恍惚。然而我那无比真切的回忆常常复苏，使我倍感不安。我心中的酸甜苦辣被可怕地混合在一起，混乱不堪。"

读了这封信，我感觉自己内心深处的情感也被肖邦描绘了出来，我深信摇月心中也怀抱着相同的感情。波兰语里貌似有一个词叫"ZAL"，据说是一种波兰人特有的感情，意味着"凄清寂寥的心灰意冷""深切怨恨的源泉""强烈反对的抗议""失去本应存在之物的悲伤"……而我对它的解释是：伴随着巨大丧失感而来的憎恨和悲伤，以及茫然呆立的无助。

遭遇地震的我们是否也感受到了"ZAL"呢？

这么想来，《叮咚叮咚》的主人公所感受到的那种心情大概也跟"ZAL"很是相近。尽管他身处故乡，却因为战败而失去了故乡。

那么，为何"ZAL"会让肖邦和摇月的琴声变得如此凄美呢？

据说，舒曼[1]将肖邦的音乐誉为"藏在花丛中的大炮"。虽然肖邦的音乐表面上华丽而又优美，可背后却潜藏着热情、悲伤与反抗精神。

我想，尽管我们被那惹人怜爱的花儿所吸引，但

1　19世纪德国作曲家、音乐评论家。

肖邦真正想要表达的应该是大炮。如果将大炮原原本本地递出，那么人们是不会接受的，所以才要用花朵将大炮掩盖，扎成一束递向世间。而这也激发了楚楚可怜的人性之美。

我想起了献给死者们的无数花儿。将美丽的花儿轻轻供奉在坟前的手法，以及肖邦将可怕的武器藏于美丽花朵中的手法。

这一切，不都正是祈祷般的手法吗？

尽管不如祈祷神明那般坚定，但依旧无比温柔的手法。

正是这番静谧祈祷般的手法，才能让钢琴优美地歌唱……

5

我是否也在祈祷呢？

我是否如同翻阅《圣经》一般在翻看着小说呢？

我是否为了有朝一日能填满那暗无天日的洞孔，而不停地往里面投下花束呢？

然而，只有僧侣才能依靠祈祷过活，我区区一个男高中生，只能一成不变地在"吊车尾"的成绩单上一路狂奔。我无论如何都没法集中精力去学习。一学习就像是死了一样，同学关原说我"真是个蠢蛋"。

"再这样下去你就要被留在福岛了。"

"啊？什么意思？"

那是在黄昏时分的教室，最后一节课的教科书还原封不动地放在我的书桌上，我装作听课的样子在看小说，不知不觉间就到了傍晚。

"被留在福岛的家伙都是失败者。与其说福岛这地方已经完蛋了，倒不如说福岛从一开始就完蛋了。这里都是些不思上进、对于什么蠢事都无所谓的蠢人，而且还拼命地拖别人后腿的自命清高者。甚至还往凉了的中华面里加蛋黄酱。"

"可是你不也自命清高吗，你不也往凉了的中华面里加蛋黄酱吗？"

"……这是我的可爱之处，你可以视而不见。我想表达的是，福岛是丧家之犬的土地。"

"从一开始就没有什么失败者、丧家之犬之类的

　　　　　　　我想成为你的眼泪

概念。"

"你不总说自己丢人吗？丢人的家伙就是丧家之犬。"

"我只是觉得一成不变的自己丢人而已。"

"你就继续这样子去敷衍别人吧。福岛就是你这种无耻之徒的聚集地。"

我姑且敷衍了他一下。

"……不好意思，虽然我希望你能不生气，但是最先觉得丢人的貌似也是你。"

"……嘁！"关原咂了咂舌。离开座位时，他抛下一句："到最后你也会沦为一条丧家之犬的，蠢蛋！"

说完，他就盛气凌人地走了。关原一开始说着"我感觉你跟其他蠢蛋有些不同"，凑到了我这边，不过翻脸也确实够快的。

后来，关原打算离开我去加入其他人的小团体，但是失败了。同学们都挺讨厌他的，最后，他还是回到了我这里，午饭是凉了的中华面，加了蛋黄酱。

而这才是关原的可爱之处。

6

我升上了高二。

上初中的时候，我觉得每年都会得到成长。可上了高中之后，我却难以拭去那种在同一个地方原地踏步的感觉。堆在房间角落里的书倒是越来越多了，仅此而已，什么都未曾有变，唯有四季在不断变换。

夏天到了，清水本应再次登上甲子园。可是，这次他缺席了。

清水遭遇了一场事故。他顶着蒙蒙细雨晨跑的时候，在一个视线很差的十字路口被一辆时速超过八十公里的轿车撞飞了。

清水被送到了福岛市医院。听闻这个噩耗，我抛下了一切立马赶了过去。

有三个初中棒球部的男生接到消息后也来到了医院，此外还有八名清水的队友。相田也在医院里。他升上高中之后变得有些轻浮了。闻讯赶来医院的人越来越多，最后多达二十八人。我们在手术室前祈祷清水平安无事，仿佛回到了在更衣室里因为重要的比赛而紧张不已的那段日子。

不久后，"手术中"的灯灭了，主刀医生走了出来。

"医生，清水他……"

相田这样问道。主刀医生取下口罩，笑着说：

"病人没事。"

我们都长舒了一口气，露出安心的笑容。

可是我们的笑容，在清水的病床前凝固了。

清水左腿膝盖以下的部分截肢了，膝盖上肢密密麻麻地裹满了绷带，像是一个蚕蛹。我想起了去年夏天在和日大三中的比赛上，清水通过滑铲安全上垒的那一幕。清水的速度真的很快，可现在他失去了一条为棒球而生的腿……

清水的残肢所带来的空白让我感受到了剧烈的疼痛。那份疼痛是如此撕心裂肺、悲痛欲绝，我没忍住哭了。然后，把病房挤得水泄不通的其他人也都跟着哭了。不仅是左脚，浑身都伤痕累累的清水被包得像个木乃伊，一脸茫然的他慌慌张张地说道：

"你们别哭呀，我没事的。"

他的笑容格外明亮和开朗。

"我要去教训他！"站在我身旁的相田脸色铁青地说道，"我要去把那个乱开车撞断清水左腿的浑蛋给好好教训一顿！"

他挤开人群，打算冲出门外。病房里顿时乱作一团。

"啊，不好了！快拉住他！"

圣光学院棒球部的一个壮汉牢牢地抓住了相田，男生们也一个接一个地扑上去，把他按倒在地板上。他的脸被压在亚麻油地板上，露出极为怪异和扭曲的表情。

"呜啊……为什么……为什么……啊！"

相田无比悔恨地哭了。他的眼泪跟鼻涕在地上形成了一处水洼。

"我真的没事，大家不用哭的。"

到了最后，唯有清水一直都是笑容满面。

7

清水转院到了老家附近的医院。来他病房里慰问的人络绎不绝。

病房的桌上永远都摆着颜色绚烂的鲜花和水果。而清水的笑容也还是那么灿烂，就像是幸福之国的王子。来慰问的客人里面也有女孩子，是小林历。她小学毕业之后搬到了相马市，我们再也没有见过面。但不知道从什么时候开始，她跟清水的关系变得不错，两人貌似一直都保持着联系。

小林出落成了一个成熟稳重，但是并不引人注目的可爱女生。

某天，我去探望清水的时候，碰巧撞见小林在给他削苹果。小林把切成楔形的苹果全都削成了兔子的模样。她的刀法非常细致，光是这样，我便能看出她的一丝不苟与极尽温柔。削好一只兔子之后，小林微微一笑，把它递给了清水。清水高兴地望着那只兔子，一口就给吃掉了。两人重复着如此温馨的举动，就像是一群兔子蹦蹦跳跳地回到了自己的巢穴。

清水和小林都是如此可爱，令人欣慰。我也愉快地转身踏上了归途。

我常常去找清水，与他见面的次数比别人多。小林毕竟住在相马，没法经常过来，而其他人因为学习、社团活动和恋爱，都忙得不可开交，唯独我闲得不得了，像是一只躺在浮冰上发呆的海豹。

　　清水也知道我很闲，经常发来信息说"小云，过来陪我"，我便会回复一句"好"。现在想来，我好像一次都没有拒绝过他。尽管我很想为了填补清水残肢的空白而去摘花，但是每次都拿着花过去也不太好，于是我去旧书店把《JOJO的奇妙冒险》[1] 一本接一本地都买了回来。清水果然看得入迷，甚至还会高喊："绯红色波纹疾走[2]！"真是太蠢了。不过，我也这么做了，因为很蠢，所以很有意思。

　　清水经常会产生幻肢痛。他那早已不复存在的腿产生了剧烈的疼痛，每当这种时候，清水都会痛苦地紧咬牙关，抱着自己的左膝。我在对清水膝盖处的空白感到疼痛的同时，抚摸着清水宽厚的后背。

1　日本漫画家荒木飞吕彦创作的系列漫画。

2　《JOJO的奇妙冒险：幻影之血》漫画中的人物乔纳森·乔斯达的能力设定之一。

圣光学院在失去清水的情况下还是登上了甲子园。初中时期的棒球部成员都聚集在清水的病房里，通过电视给圣光学院加油。相田莫名其妙地带了一个"吹龙口哨"过来——就是那种吹一口气纸筒就会伸长，然后收缩回原状的玩具——"哔哔哔"的，吹得很是烦人。

圣光学院在首轮以4∶3战胜了爱知工业大学名电中学。

六天之后——下一个对手是福井商业高中。

大家又聚在了一起，相田还是把那个破玩具给带来了。不仅如此，他女朋友还在跟他闹分手，真的让人烦到不行。

第一局下半局，福井商业高中拿下1分。在那之后双方都未能得分，局势十分胶着；直到第六局上半局，圣光学院终于扳回1分。我们因为太过兴奋，大吼大叫，被护士警告了。可是在第八局下半局，福井商业高中又拿下了1分。我们沮丧极了。相田也被女朋友甩掉了。

第九局上半局，圣光学院没能扳平比分，输掉了

比赛 [1]。

我想，如果清水在的话，说不定圣光学院就能赢了。

选手们落败后流泪的面孔出现在屏幕之后，我听到有些奇怪的声音。

当我望向清水时，我才发现他哽咽了。迄今为止一直微笑着的那张脸，此刻也痛苦地扭曲了。大概是一直潜藏在心底的感情满溢而出，宛如决堤。我深切感受到了清水心中的悔恨、悲伤与愧疚。

我们也被清水弄哭了，大家实在是太想看到清水在球场上大显身手的样子了。

8

十一月初，寒冬悄然降临之际，清水终于出院了。

《JOJO 的奇妙冒险》刚好出到第六十三卷，第五部完结的地方。

1　在棒球比赛中，若是第九局上半局结束后防守方比分领先，无须进行下半局。

清水装上了义肢，开始去康复中心做复健训练，为了能早日回归社会。

"义肢很贵吧？"

面对这个问题，清水给出了否定的答案。

"我有四级残疾人证，临时义肢的费用是自己负担三成，长期使用的只需要负担一成。而且，肇事司机也赔偿了将近五千万日元的抚恤金。"

我无法判断五千万日元究竟是多还是少。

我在训练室的窗外望着装上义肢、咬紧牙关做康复训练的清水。他全身的肌肉都萎缩了，即便是一个简单的动作也十分费力。对于清水能否奔跑这一点，我有些不安。

在高中即将开始放寒假的时候，传来了一则关于摇月的"八卦"。米兰音乐学院的一名男生在社交平台上传了一张和摇月的合影：照片的背景是某个广场，男生是一位身材高大、金发碧眼的帅哥，身份似乎是一名未来可期的钢琴家。在我莫名感叹世上居然会存在这种像是电脑动画的美男子的同时，我陷入了焦虑——他会是摇月的男朋友吗？

摇月从来没有公开过任何个人信息，这次貌似是一次未曾预料的信息泄露。尽管这则"八卦"在网上引发了一定的讨论，但是也没有任何后续了。

我烦恼着要不要给摇月发条信息。自从她去了意大利，我们一次都没有联系过。我在对话框里输入"好久不见"——然后又删掉。这种恋恋不舍的想法总感觉有些恶心，我只好死了这条心，在视频网站上听摇月的最新演奏。

摇月的琴声变得越发优美了。

可我对于丝毫都未能改变的自己感到悔恨不已。

9

清水告诉我说"这样下去不行"。于是，埋头滥读书的我抬起了头。

二月中旬，黄昏将逝，夜幕降临的康复中心病房里，尽管在事故之后清水的鼻子有点歪了，但他还是以直率的眼神注视着我，说道：

"小云，你不能永远这样颓废下去的。"

面对清水一反常态的郑重模样，我愣住了。清水平日里总是笑容满面的，我从未见过他如此认真和严肃的表情。

"啊？颓废下去是指……"

清水顿了顿，说道：

"我在七月份遭遇事故，失去了一条腿，十一月就出院了。经过三个月的康复训练，哪怕只靠着临时义肢我也能稳稳当当地行走了。就像是没了一条腿之后又重新长了一条出来。我度过了如此漫长的一段时间。"

"重新长了一条……"

我望向了床边摆成一排的《JOJO的奇妙冒险》。我们买到了最新的一本，而最新的一本哪怕是二手书，价格也相当高昂。将荒木飞吕彦老师二十年多年来的工作成果全部看完，那是相当漫长的一段时间。

清水接着说道：

"等我装上正式的义肢回到学校之后，我就会回归棒球部，全力以赴地训练，登上甲子园，然后打出本垒打。小云，你呢？"

在深感清水语出惊人的同时，我却不知所措。

"我也……不知道……"

"其实小云你比自己想的更厉害，绝对可以取得成就。可是再这样下去，我怕你真的会变成一个废人。"

我走投无路了。清水在我心中就是乐观开朗的代言人，而如此乐观开朗的他说我这样下去会变成废人。这对我来说真是太糟糕了。

"可是……事到如今，我也不知道应该做些什么才好了。"

于是，清水说出了仿佛早就思考过的话语：

"小云，写小说怎么样？"

"小说？"我有些惊讶，"可是，为什么是小说呢？"

"我一直不明白，你为什么不写小说呢？你那么喜欢看小说，而且你爸爸不也是小说家吗？你应该具备这方面的才能吧？"

"我没有。怎么可能有呢……"我连连摆手，"我只会一个劲地看而已，从来没想过要自己写。"

"我觉得你有这方面的才能。"

"为什么呢？"

"你不记得了吗？我之所以能登上甲子园，多亏了小云你那篇作文。"

据清水所说，那是我们小学一年级的事情了。当时的清水虽然加入了少年棒球队，但是因为自己长得壮，非常讨厌运动，他貌似是在父母的游说下才迫不得已参加的。一到训练的时候，清水的心情就很忧郁。而在某天课堂参观的时候，我朗读了自己的作文。

那篇作文题目叫《白云》。

清水站在击球区，挥棒打出一记好球，气势汹汹地奔跑起来。万里无云的湛蓝天空下，白色的棒球高高地飞舞在天上。

看起来像是白云，像是一只自由的小鸟，让人心情非常愉快，不知道为什么，我也很想学着清水同学那样"啊哈哈哈"地放声大笑。我觉得清水同学非常了不起，能做出那么厉害的事情。

"在那之后，我就对棒球沉迷得不得了了，也莫名其妙地喜欢上了打棒球的自己。这都是因为小云你。"

这些事情早就被我忘了个精光。在清水的讲述下，我才恍恍惚惚地想起那么一点。当我念完那篇作文的时候，坐在右前方的清水向我转过身来，露出了灿烂的笑容。而老师和过来参观课堂的母亲好像也夸了我。我还记得，当时母亲说了一句"真不愧是龙之介的儿子"，这句话真的让我非常开心。

这么想来，自那天以后，清水就是我的朋友了，一直到现在。

不知为何，我的眼泪夺眶而出。清水也泪流满面。

"那篇作文实在太让我开心了，所以我就从你那里要了过来。时至今日它还贴在我房间的画框里呢。我每天都要看一遍。"

"这样啊……"

我从来没有想过，原来清水那种"啊哈哈哈"的豪爽笑声是源于我的作文。

"所以，我能走到今天这一步，全都得益于你那仅仅一张稿纸的作文。尽管我的身体已经残缺不全，但是我还能继续努力下去。我会去证明小云你是一个很厉害的人。所以你就当是被我骗了也行，能不能稍微相信我一下，去尝试写写小说呢？"

清水轻轻地笑了。他的笑容自那天以来就未曾有变，永远都是一副孩童模样。

10

我开始写起了小说。

我在微软系统的电脑上打开 word，姑且输入了一些文字。可是那些文字完全没有构成任何故事。就像一条失忆的尺蠖从头开始学走路，是惨不忍睹的试错。

我的人生明明承载了如此庞大的故事，可为什么我却连一个字都写不出来呢？为什么我的脑子会像是一个空荡荡的罐子呢？

整整一个月的时间，我都没能写出任何东西来——可是当我克服了这种痛苦之后，我的灵感不断涌现，宛如从沸腾的锅底喷涌而起的气泡一般。直到那锅看不见的水被煮沸之前，所要做的只是无尽的耐心等待。

接下来，我又对自己的文章之拙劣而痛苦不已。由于我一直都只找一流的作品阅读，我的标准不断变得苛刻，我那毫不留情地粉碎他人小说的视角，如今粉碎了自己的小说。常言道"害人终害己"，对那些无聊的小说所施加过的恶毒"诅咒"，如今降临到了自己的小说上。为了反击那些"诅咒"，我只能拼命地去写小说。可是我越认真，我便越是无法忍受自己的蹩脚文字。不知道是因为太过集中精力，还是因为实在无法忍受，我时常呕吐。我的身体究竟是怎么了呢？我不明白世上为何会存在像我这种自己写出文章来，却又对自己的文章之拙劣恶心到作呕的生物。还有比这更加愚蠢的自作自受吗？

到了四月，我彻底放弃了执笔写小说。然后，我心血来潮地打算去圣光学院看看。

周六上午七点半。我在郡山站坐上电车，在福岛站下车，前往伊达站。花了约莫一个半小时，我在早上九点到达了圣光学院。

我偷偷摸摸地窥视着操场，棒球部的训练已经开始了。我在人群中找寻着清水的身影。——终于，我看到他了。清水脱离了大部队，在操场的角落里一言不发地独自活动着身体。他的动作中果然还是有着些许违和感。清水装上义肢的左腿看起来要比右腿纤细一些。

清水用力地挥舞着球棒。他身体的轴心已经发生了偏移，就连挥棒姿势都跟以前不一样了。我能看得出来清水在努力地去尝试修正。他咬紧牙关，脸上汗如雨下。

清水果然是认真的，他是真的想登上甲子园。

一想到这里，我便感觉自己心中升腾起了阵阵感动。可我不是来让清水看我掉眼泪的样子的——于是，我马上离开了圣光学院，回到了郡山。

然后，我又开始写起了自己那蹩脚的小说。

11

五月，我终于完成了自己的处女作。

无论是什么样的作品都好，完成了终归是值得高兴的，我独自一人在房间里手舞足蹈。我甚至觉得自己写出了一篇旷世佳作。我该如何处置这篇东西呢？

犹豫再三，我把它发表在一个评价标准严苛的网络论坛上。

可想而知，结果惨不忍睹。读者们最主要的感想是"不知所云""故事的起承转合不明所以，让人不知道应该如何投入感情。不过文笔上倒是有些让人眼前一亮的地方"。

这让我察觉到自己的感性果然有些不太正常。看小说的方法也好，写小说的方法也罢，我都异于常人。这样一来，没有人会来看我写的小说，我什么都无法传达出去。

过分强烈的挫折感让我当天中午就一直躺在被窝里起不来身。我认识到了自己和摇月之间的差距——她的演奏已然传达给了数亿人，可是我的小说却无法传达给任何人。

醒来之后，我感到头痛欲裂。我睡了二十多小时。

我从被窝里爬起来，开始不停地看那些知名电影，并且非常留心地去看人们对那部电影的评价。要怎么做才能让作品变得有趣起来呢？人们又是怎样去鉴赏和感受的呢？他们能看出些什么、看不出些什么呢？我拼命学习这些事情，就像是在模仿一个普通人。一想到有所缺陷的我，必须加倍努力地装成一个正常人，我就悲伤得无以复加。

然而现在想来，当时我做的那些事情其实和祈祷无异。把"大炮"原原本本地递出是无法传达给任何人的，必须把"大炮"藏于花束之中。而我就是在拼命地收集足以扎成一束的花儿，不断地捡拾、收集，这便是我的人生。

12

转眼间就到了夏天。

在同学们忙于暑期讲习的时候，我不是看电影就是看小说，要么就是写一些拙劣的文章出来然后又扔掉。小说则是一行都没有写过。虽然我确实有着想要写些什么故事的感触，可总是在动笔时受挫。我甚至开始疑神疑鬼地想：这样真的好吗？我总觉得有一种隐形的批判之声会不知从何处飞来。

在全国高中棒球选手资格大赛福岛赛区的比赛上，圣光学院击败了日本大学东北高中，拿下了甲子园的入场券。毫无疑问，清水完成了自己所制订的严苛的训练计划。他成功让自己坐上了替补席。可是，教练并没有给他出场的机会。其他的选手也同样优秀，只剩一条腿的清水想要上场比赛，其难度毫无疑问是极高的。清水虽心情复杂，却也依旧在替补席上为队友加油。我坐在观众席上，偷偷地关注着他。

八月十九日，在甲子园球场上，圣光学院对阵佐久长圣中学。

我和初中时期的伙伴们一起到现场为清水加油。那天晴空万里，人热得昏昏沉沉。气温超过了30摄氏度，阳光很猛烈，相田往自己身上涂满防晒霜。圣光学院以4:2战胜了对手。我们虽然非常高兴，但心情也有些复杂。

因为直到比赛结束，清水都没能站上击球区，哪怕一次。

我们住在兵库，玩得有些沉闷，总感觉是在修学旅行。

"八云，你现在在做些什么？"

"我在写小说。"

"哇，好厉害！是什么样的小说啊？"

"我现在一行都还没写出来。"

"啊，那你不是没在写吗……"

"虽然是没在写，但确实是在写小说……"

大家都狐疑地望着我，可我也不知道怎样解释才好。

八月二十一日，圣光学院对阵近江高校。

那天也是同样的烈日炎炎。比赛的局势十分胶着，直到第五局下半局，双方都依旧未能得分，第六局上半局，近江高校拿下 1 分。直到第七局，甚至第八局，比分都依旧僵持在 1：0。第九局上半局，圣光学院有惊无险地防守住了近江高校的得分。到了一决生死的第九局下半局，圣光学院出乎意料地连得 2 分完成了逆转。正因比赛的局势极为严峻，胜利的喜悦也更为酣畅淋漓。

只是，那一天，清水也没能上场。

13

八月二十二日，圣光学院对阵日本文理高中。

虽然这一天也是晴空万里，气温却比昨天宜人多了。

然而，比赛局势却不容乐观。日本文理高中在第一、第二局各得1分，可是圣光学院却一分难求。在那之后，一直到第六局下半局两队都未能得分。第七局上半局，日本文理高中再得1分。对于比分落后的圣光学院而言，这是难以接受的1分。第八局双方未能得分。第九局上半局，日本文理高中一举拿到2分，以0∶5的成绩彻底结束了比赛。圣光学院的比赛情况令人绝望。第九局下半局，圣光学院已经退无可退。然而，首棒打者腾空球出局，二棒打者因地滚球出局。转眼间已有两人出局。

观众席上的我们绝望了。比赛快要结束了。

清水最后的甲子园也马上就要结束了。

就在这个时候——

"换人！背号——13号——清水健太郎……"

广播里报出了清水的名字。最后，教练还是给了清水一个机会。

清水从替补席出场了。

"清水！""清水！""清水！"

我们兴奋地大喊了起来。即便离得远远的，我也能看见清水那略显纤细的左脚。装着义肢坐上替补席的清水本就有一定的知名度，四周有很多人在讨论这件事情。

清水站到了击球区，他抬头仰望着天空，做了一个深呼吸。兴许，此刻他的心中感慨万千。清水就是为了这个瞬间，才竭尽全力地拼搏到了现在。

清水握住了球棒，愉悦地微微摇摆着身体。

我的眼泪夺眶而出。

清水还是那么喜欢棒球，他此刻还是想要打出一个本垒打。

投手投球了。伴随着高昂的击球声，界外球高高地飞上了天。清水利落地挥棒，引起了球场内的阵阵欢呼。

第二球，投手投出了一个内角有些偏低的球。尽管清水的挥棒姿势依旧果断，但他的动作看起来略微有些不自然。也许是因为义肢很难去应付内角低球。

第三球，相田他们不由得喊了起来。他们高声呐喊着："清水！加油！"捕手的手套摆在了和刚才相同的位置。我再也抑制不住心中的激动，大吼了一声：

"加油啊！"

清水用力地挥舞球棒，仿佛从一开始他就看穿了投手的投球路线，挥棒极其果决。他准确地捕捉到了那个内角偏低的球。

清脆的声音回荡在场内。

棒球高高地飞舞于蓝天。

在那万里无云的一片湛蓝下，棒球宛如一朵小小的云。

球场里爆发出了欢呼声。相田他们激动地吼叫着：

"飞出去！飞出去！"

我知道，这球一定会飞出去的。因为清水已经笑了起来。

"啊哈哈哈！"

"大魔王"笑了。他极其愉悦地围绕着甲子园进行跑垒。

棒球飞进了观众席里。本垒打！盛大的欢呼声包围了清水，在场的所有观众都向这位义肢击球手献上了毫不吝啬的掌声。清水摆出胜利的姿势，高喊着："如何啊！"话毕，他又豪爽地笑着跑过了二垒。清水的笑声中夹杂着哭声。他的脸庞已然扭曲，他大哭着、大笑着、奔跑着——我们也再难以忍住眼泪，相田一行人站了起来，他们在号啕大哭中振臂高呼。

所有人都在呼喊清水的名字。

我依旧坐在座位上，掩面而泣，放声大哭。

"我无论如何都没法站起来"——只能在心中不停地重复着一句话。

谢谢你，清水。

我会继续把小说写下去的。

第六章 纯白如盐

Chapter.6

在那一瞬，我看见了摇月无名指的截面——纯白如盐。

我实在是太清楚这究竟意味着什么了。

1

开始写小说之后，我对《叮咚叮咚》的看法发生了转变。

其实，那不是一封读者写给小说家的信，而是小说家写给小说家的信。信件的中间部分提到了男人在打算写小说时受挫的事情。

"我在思考小说的结尾是要写成《奥涅金》那种华丽又悲哀的呢，还是写成果戈理那种'唇枪舌剑'般绝望的呢？然而，就在我极度兴奋地抬头仰望挂在澡堂天花板上的那颗电灯泡发出的微弱灯光时，我突然听到从远处传来了'叮咚叮咚'的铁锤声。"不仅如此，小说的结尾还写道："这封信我还没有写到一半，那叮咚叮咚的声音已然是很清晰了。写这种信实在是太过无聊。可即便如此，我也还是只能忍耐着，勉勉强强地写到这里。而且，由于实在是太过无聊，我已经自暴自弃地在信里撒了数不清的谎。其实根本不存在一个叫花江的女人，我也未曾目睹过什么示威游行。信中提到的其他事情也大抵是假的。可唯独我听到的那叮咚叮咚的声音是千真万确的。这封信我不会重读，就这样给您寄去了。"

我好像在这篇文章的背后隐隐约约地读出了男人"想要写小说"的欲望。他通过谎言将这封信件变成了小说，然后又通过将小说写成书信的形式，巧妙地让正儿八经的小说家来读自己的小说。

对想要写小说却又写不出来的人而言，这正如晴天霹雳。写小说既不能完全忽视读者的看法，但也不能过分在意读者的看法。

于是，我拜肖邦和太宰治为师，又写了一篇小说。

完成之后，我拿那篇小说去参加了出版社举办的新人奖。那是十一月的事情了。

小说的新人奖评委会通常都会收到数量极为庞大

的参赛作品，审查方也是累得够呛。从投稿到最后发表花上半年时间也并不奇怪，不过我参加的那届新人奖，是一年分成数次进行小批量审查的类型，所以短短两个月后我就收到了结果。

很可惜的是，我落选了——

尽管拙作得到了最高的评价，可还是没能得奖。

不过，我却得到了一个和审查编辑直接对话的机会。

2

我坐上了深夜巴士，向着东京进发。

我紧张到难以入眠，总感觉有些东西要向前迈进了。甲子园球场所在的兵库县明明比东京要远得多，可是我却觉得如今比起当时去甲子园要走得更远。跟我约好见面的那位编辑貌似是个名人，我甚至能在网上查到他的名字。我用手机查阅他的资料，又一次心生怯意。他所负责的作品中赫然罗列着一大串知名作品的名字，有好几位知名的得奖作家也是由他担任编辑……

我买了一本他担任编辑的电子小说，熬夜看完了。

我并不喜欢东京，人实在是太多了，多得让我恶心。一如采女祭的那个时候，如同雪崩的信息呼啸而至。不知为何，我看见了太多东西，听到了太多声音。

我和对方约在了一间咖啡厅里，就在离新宿站不远的地方。

下午两点，我走进咖啡厅，寻找着编辑古田先生的身影。

店内比我想象中要宽敞三倍还多。窗边的座位很敞亮，不靠窗的内部座位则洋溢着暖色调的灯光。地板上铺有胭脂色的毛绒地毯，桌椅是黑檀木材质。这间咖啡厅气氛雅致，总不由得想起《教父》中的场景。

见我四处环顾，一个坐在角落里的人轻轻举起了手。

古田是一个怪人。他身材壮硕，穿着一件鲜红色的皮夹克。大圆脸配上一副四四方方的黑框眼镜，看起来应该四十岁上下。他的打扮与咖啡厅极不协调，像是"漫威"里的人物乱入了《教父》的场景。

我不由得怀疑自己的眼睛——他和我想象的大相径庭。我一边怀疑真正的古田是不是藏到哪里去了，一边东张西望地向他走去。

"你好，我是古田。"

居然真的是古田。和他握过手后，我入席就座。古田冷不丁地开口说道：

"你还挺有气场啊！"

"啊？啊，真的吗？"

"能让人感受到某种才能！不错！"

古田乍一看是个很认真的人，我却有种颈椎骨被弄到错位的感觉。他果然是个怪人。我们开始了闲聊。

古田相当健谈。他脑子转得快，如连珠炮般一个接一个地提出话题，尽管不是扯远就是跑偏，但他的内心却不可思议般未曾动摇。古田说话的口吻有些特别，句尾时不时地会冒出一些阴柔娇美的语调，也就是所谓的"娘娘腔"，在抑扬顿挫的同时听起来也富有节奏感，引人入胜。他看起来好像不是刻意去这么说话的，而是生来就能言善辩。当我注意到的时候，已经过去了四小时，我顿时回过神来。古田完全没有提起我的小说，再这样陪他闲聊下去，我千里迢迢跑到东京来就着实是毫无意义了。

"……那个……您觉得……我的小说怎么样呢？"

被我这么一问，古田愣了一下。

"啊！对啊，我都给忘了！今天是来跟你聊这个的！"

我在心中大呼失望。可是古田却突然间摆出了一副帅气的表情，说道：

"简而言之——你的小说'太过浓厚'了。"

"'太过浓厚'吗？"

"不过确实挺有趣的，就是故事晦涩难懂、复杂过头了。我想一般人可能跟不上你的脑回路，感觉是不太能卖出去的。"

运转大脑需要糖分来驱动。古田把一颗方糖轻轻丢进杯里，然后倒进嘴中，像是吃糖一样舔了起来。他继续说道：

"你的文笔还是很不错的，细致入微的比喻手法也运用得非常好，确实有着能让人眼前一亮的东西，真的。不过,味道还是太过浓厚了。喝上一口就已经腻得不行,给人一种过分认真或是用力过猛的感觉。"

古田说的这一切我都闻所未闻。明明努力去模仿"正常"的感觉了，可小说竟然还是这么"不正常"，我心中茫然若失。

"……可是，我真的很想去这么写。我无法在平庸的小说里得到满足，如果不是那些倾注了心血的一流作品，我是无法认可的。"

古田把第二颗方糖放进了嘴里，说道：

"面对作者认真写出来的作品，读者也必须认真地去阅读。可是当今时代，大家在现实世界中已经忙得不可开交、筋疲力尽了，所以我觉得这种太过认真的作品是卖不出去的。也就是说，你这种人是当今的少数派。"

……真的是这样吗？我沉默了。也许花儿还远远未够。也许我还需要更多花儿去把大炮掩埋起来才行。

"这是我的联系方式——"古田从钱包里取出了一张名片，"如果你写出了新书，就通过邮箱发给我吧，我会看的。很期待你今后的表现哦。"

古田动作迅速地拿起小票，买完单就走了。而我还呆呆地坐在椅子上，反复思索着他跟我说的东西。这时，他突然杀了个回马枪。

"啊，有件事情我忘记说了。你还是换个笔名比较好，现在这个笔名太土了！"

说完，他就又走掉了。这家伙就是为了说这个才返回来的吗？

不过，我还是改掉了自己的笔名。

3

升学考试的季节到了。但我并没有参加考试，而是一个人默默地写小说。

当时的班主任无论如何都想逼我去参加考试，烦人得不得了。尽管我很能体会他的心情，但我还是一直躲着他。我还记得自己曾经在走廊上和高一的班主任隅田老师擦肩而过，像根竹竿般高高瘦瘦的老师在走廊中间停下了脚步。

"八云，你身体还是不舒服吗？"

我稍作思索，回答道：

"……比之前要好一点了。"

于是，隅田老师轻轻地笑了。

"那就好。"

即便只是在人生中擦肩而过也好，也依旧有人在关心我。

我也告诉父亲我不会去参加升学考试。我们通过短信进行了简短的对话。

"知道了。你现在在做些什么？"

"我在写小说。"

过了一会儿，他回：

"是吗，加油。"

时隔三年的对话短短三行便草草结束。

我顺利地从高中毕业了。

4

父亲送了我一台MacBook。比起微软系统的电脑，它的文字更加漂亮，敲起键盘来也比之前舒服多了。我开始没日没夜地写小说。

我几乎没有这段日子的记忆，书桌和 MacBook 就是我的全世界。

　　我日复一日地细细咀嚼书本、电影以及网络上的信息，将它们倾注到自己的小说里。我几乎从不出门，脸色苍白了不少。我就连去附近的超市都觉得像是远行。对于饮食本来就不太讲究的我日渐消瘦了。

　　我花了两个月写出了新作。我自认为"浓度"已经稀释了很多，便迫不及待地发到了古田的邮箱。

　　仅仅一小时之后，我就收到了回复。

　　"太浓厚了！"

　　……就这么一句吗？我赌上了整整两个月的人生写出来的小说，被古田用短短的一句话就给打发了。我再也无法保持一颗平常心，魂不守舍地去了超市，魂不守舍地找到了一根形状糟糕的白萝卜，手中瓶装茶的包装纸上还写着一个"浓"字。

　　我又花了一个月写出了新作。速度快了整整一倍。"浓度"肯定也降低了一半。

　　我把小说发给了古田，两小时后我收到了回复。

　　"还是太浓厚了！"

难以置信。我觉得这篇小说的"浓度"顶多只有那篇处女作的四分之一，可古田居然还说太浓厚了……我甚至怀疑是不是因为他多花了一倍的时间去看我的小说，才导致我产生了自己煞费苦心地把"浓度"稀释到一半都是无用功的错觉。

也许原因出在我看的那些东西本身就不行，于是我去看了很多清淡无味的作品。虽然和我的喜好完全不符，但我也轻而易举地分析出了这些作品的有趣之处。

我汲取了这些作品中的轻盈特质，又花了两个月写出了新作。

这次怎么样，古田？！

"我并不是想看这种东西呢……你可以不要越写越烂吗？而且，你不觉得你现在写的东西比之前还要无聊吗？"

……你要我怎么办啊？！越写越烂是什么意思？！你到底想要我写些什么！我对古田恨之入骨，还给他写了邮件痛陈利害，但是都被他无视了。

我在床上躺了差不多一个月。

5

秋天在我一事无成的生活中悄然造访了。房间里的空气通过空调保持着恒定的温度，我就连夏天的开始和结束都不曾注意到。

我和清水一直维持着密切的联系。他搬到了相马市，成了一名渔夫，就住在离小林历很近的地方。不过因为风评被害，福岛的渔业无人问津，清水过得也很辛苦。

"由于卸货港口会被视作产地，就算是在同片海域里捕到的鲣鱼，也得大老远地跑到宫城县的气仙沼去卸货。福岛的鱼仅仅因为产地是福岛就会滞销，蠢不蠢啊。"

对清水而言，这样的说法算是相当难听了。他大概也憋了一肚子的火。

九月末，一个意料之外的人联系了我。

——摇月。

"你去办个护照。现在就去。"

三年多来杳无音信，一来就是这么突然的一句话。

父亲也好，古田、摇月也罢，他们跟我联系的时候，是不是都被限制了只能输入几个字节的数据呢？

除了小说以外，我不太想写其他文字，便只回复了"好的"。然后，我填好相关文件，出门去办护照。

久违地来到外界之后，我开始头晕目眩。明明身处故乡，我却感觉自己是个异乡人。我早已遗忘了正常人的行为举止，担心自己看起来会不会显得形迹可疑。

我在郡山市政务大楼的护照办理窗口提交了文件。面对眼前的女性工作人员，我疑惑不已。

我忘记怎么说话了。

6

十月中旬，摇月又给我发来了信息。

"收拾一下行李！"

"好的。"

我对摇月言听计从。一来我没有能反驳她的身份，二来我只是一个除了写小说以外便无所事事的闲人。

然而五天之后，也就是十月十三日早上六点收到的那条信息，我还是看得傻眼了。

"你来一趟华沙！我十六号那天上场！"

再怎么说我也还是愣住了——不过，我好像比摇月想象的更加愚蠢。因为很多人都在时刻关注着她的动向……

摇月正在挑战肖邦国际钢琴比赛。

东京国际艺术协会的主页上是这样介绍这场比赛的：

"在肖邦忌日十月十七日的前后三周，肖邦故乡波兰的首都华沙将举行五年一度的国际性知名赛事。该赛事是现存最为古老的国际性音乐比赛，获奖者均为世界知名的音乐家。比赛曲目限定为肖邦的作品，涵括练习曲、奏鸣曲、幻想曲、华尔兹、夜曲、协奏曲等多种曲目。肖邦国际钢琴比赛被誉为世界上最权威的钢琴比赛之一，与伊丽莎白女王国际音乐比赛、柴可夫斯基国际音乐比赛并称为世界三大音乐比赛，是梦想着走向世界的钢琴家们跃龙门的大赛。"

我不由得喃喃道"好厉害"。我回想起和摇月初次相遇的那天，她给我放的那张毛里奇奥·波利尼的 CD 唱片。波利尼在一九六〇年第六届肖邦国际钢琴大赛中以十八岁的年龄获奖。在和摇月相处的过程中自然而然地接触到的那些钢琴家——阿什肯纳齐、玛塔·阿格里奇，以及田中希代子老师都曾在这个比赛上得过奖。

如今到了第十七届，摇月挑战这个比赛的年龄和波利尼获奖时一样，都是十八岁。

宛若命运一般。

我查了一下，发现摇月貌似在通过第二轮评审后就立刻给我发来了信息。我现在出发的话，确实能赶上摇月的第三轮评审。

我马上订了机票，从郡山站坐了四小时的慢车前往东京。然后从东京赶往滨松，乘坐单轨列车前往羽田机场。在迷路和晕车的双重折磨下，我在晚上九点勉勉强强地上了飞机。

"我上飞机了。"我给摇月发去信息。

"真了不起，谢谢你。大概几点到？"

"到华沙机场应该是你那边的下午六点。"

"好，我去接你。"

飞机先飞往关西国际机场。换乘之后经过十个半小时的航程，我来到了芬兰的赫尔辛基万塔国际机场。经过再一次的换乘，我终于到达了华沙肖邦机场。

7

一下飞机，我就没忍住嘀咕了一声"好冷"。

福岛十月份的平均气温是 15 摄氏度，而华沙的平均气温则在 8 摄氏度左右。没有考虑到气候因素的我衣衫单薄地就跑过来了。

我觉得有些丢人，在瑟瑟发抖中向着门口走去。

一想到能够时隔三年和摇月重逢，我便心潮澎湃。

穿过大门，一名走在我前方的金发男子紧紧地抱住了苦苦等待的红发女子，两人拥吻在了一起，看上去像是恋人关系。我在人群中找寻着摇月的身影。

看见摇月的那一瞬间，我产生了一种触电般的感觉。

只此一瞬，我的目光就被她所俘虏了。

摇月变得好美。

瀑布般乌黑柔亮的长发还是旧时模样，略施粉黛的清秀脸庞则比以往更显端庄。摇月的脸部线条尖锐了不少，杏仁状的大眼睛更显迷人，淡粉色的嘴唇妩媚非凡，耳环在耳垂上闪闪发亮。她穿着一件横条纹针织衫，配上一件白色外套，外面披着一条鲜艳的嫩绿色披肩。下半身则是一条修身的黑色长裤搭配上高跟鞋。

摇月给了我一种"洗尽铅华"的感觉。而我甚至可以用"悲惨"来形容。

摇月刚看见我时依然面带微笑，走近之后却惊讶地睁大了眼睛。

"真的假的？！你穿这么薄就过来了？你脸色好差啊！"

摇月开口说的第一句话，让人完全感觉不到这是时隔三年的再会。我总觉得有些扫兴。

我们在机场里并肩而行，相谈甚欢。

机场的某处改成了单边的落地窗，看起来很敞亮，还摆着一台三角钢琴。有个满脸胡茬儿、体格壮硕得如同健美运动员一般的男人在弹奏着肖邦的《降D大调第13号圆舞曲》。他奏响的琴声华丽而又优美，与他的外表并不相符。

我突然想起了一件事情。"我手上只有日元，得找个地方换外汇才行。"

波兰的通用货币是兹罗提，1兹罗提约等于31日元。

"机场的汇率不划算，还是去城里的外汇所兑换比较好。钱我先帮你垫着，过阵子有机会你再还我就行了。"摇月说道。

后来我查了一下，按照机场的汇率，居然要将近40日元才能换到1兹罗提。

我们走进了机场的一间服装店，摇月给我挑了一件适合我的外套。她说如果衣服的颜色太暗，会让我那本就憔悴不堪的脸色更加难看，所以还是穿灰色比较好。看到摇月拿信用卡结账的场景，我对过分缺乏社会性的自己感到无比羞耻。

坐上出租车离开机场之后，我才终于发现摇月喷了香水。

"我的演奏怎么样？"摇月这样问道。

我有些疑惑，回道："什么演奏？"

"你没看那个视频吗？"

第十七届肖邦国际钢琴比赛貌似会实时直播参赛者们的演奏现场，观众们也会在"脸书"上分享自己的感想。在我深居简出不问世事的这段日子里，世间的交流手段貌似已经很发达了。

"我连录像都没看……甚至都不知道摇月你要参赛。"

"……那你是在什么都不知道的情况下，仅仅因为我那条短信就立马跑到华沙来了？"

"确实如此。"

摇月的表情有些无奈。

"你到底是过着什么生活才会变成这样的啊？"

于是，我简单地向摇月讲述了我高中毕业之后的生活。不过话虽如此，我的生活本就简单。我本以为自己这种废人一般的生活状况会遭到摇月的训斥，然而，她只是叹了口气。

"我就知道八云你会成为一名小说家的。"

"啊？这样吗？"

"或者可以说，我觉得八云你除了写小说以外是什么都干不成的。"

"为什么？"

"只要跟你稍稍相处一段时间，任何人都会这么觉得的。"

虽然不是很懂，但摇月也许并没有说错。我会写小说也是在清水的劝说下才开始的。他和摇月的想法大抵也是相同的吧。

华沙夜幕将至的街景在出租车的窗外缓缓掠过。尽管机场周边还算静谧，但是随着越来越靠近市中心，窗外的风景也逐渐热闹了起来。

8

波兰位于德国与白俄罗斯的中间地带，处在整个欧洲的中心位置，因此被称为"欧洲的心脏"，首都华沙更是位于波兰的心脏地带。

全长 1047 公里的维斯瓦河是波兰最长的河流，发

第六章　纯白如盐　　　　191

源于南部的贝斯基德山脉，注入波罗的海，将整个华沙一分为二。

我们的活动范围集中在左岸，一次都没去过右岸。

出租车停在了酒店门口，这间酒店位于比赛会场华沙爱乐音乐厅和肖邦音乐学院的中间地带。尽管外观看起来和日本的酒店相差无几，内部的装潢却是相当精致、时尚。

在这里住一晚大概要两百兹罗提。刚好摇月隔壁的房间也是空着的，于是我便住到了摇月隔壁。等我安放好行李，窗外已是一片漆黑。

摇月来到了我的房间，她坐在我的床上，身上散发着阵阵幽香。我坐在蓝色的皮革沙发上，睡意和疲惫顷刻间翻涌而起。从福岛到华沙的路程一共花了二十七小时。我把手表指向三点的时针往回拨了八小时，调成晚上七点。

"……对了，摇月，你爸妈呢？他们没来看你比赛吗？"

摇月微微垂下了头。

"好像来了，但我一次都没见过他们。看到他们，我会弹不好琴的。"

看来，摇月和兰子女士之间的争执还在继续。

我和摇月在酒店的餐厅里共进晚餐。餐桌上的菜品琳琅满目，一种和饺子差不多、被称为 pierogi 的波兰传统食物，还有名叫 chleb 的面包、罗宋汤以及其他叫不出名字来的料理……虽然每样尝起来都相当不错，但是飞机上那种摇摇晃晃的感觉依旧未曾消退，我有点食之无味。不过，摇月倒是没有因为紧张而导致食欲消退，反而吃得挺欢快。

我和摇月聊着彼此的生活，时间一眨眼就过去了。虽然很想跟她聊到天荒地老，但是为了做好明天的准备，我们还是早早地分开，各自回房睡觉了。

我的床上还残存着摇月的香味，那是小苍兰的芬芳。

9

十月十五日，我们在酒店的餐厅里吃早餐。我喝着橙汁，斜眼望着摇月吃抹了蜂蜜的面包。她脸上的妆容看起来比昨天稍淡一点。不过摇月本来就长得很漂亮，我想好像也没必要化妆。

"摇月，你是明天出场对吧？要不要在肖邦音乐学院借台钢琴来练习一下？"

"嗯，上午就这样吧。然后我们一起吃个午饭，下午去华沙历史地区逛逛。"

尽管千里迢迢地来到了华沙，可我整个上午都窝在酒店房间里写小说，然后重新查了一下华沙古城的资料。

等到摇月回来，我们一起在附近的餐厅里吃了午饭，然后沿着克拉科夫郊区街一路向北。克拉科夫郊区街是一条宽敞美丽的石板路，文艺复兴风格和新古典主义风格的建筑物在道路两旁鳞次栉比，路灯看起来宛若铃兰一般。我们在波兰科学院前看到了哥白尼像，总统府门前则坐落着波尼亚托夫斯基[1]的雕像。虽然我很想看看举世闻名的肖邦像，但它貌似位于相反

1　波尼亚托夫斯基是拿破仑麾下的元帅，为保卫波兰的独立主权做出了卓越贡献。

的方向。

经过约莫二十分钟的路程，我们到达了目的地。

华沙历史地区——这个被列入《世界遗产名录》的地方，是崭新的华沙古城。

它曾经一度消失于世上，如今又重获新生。

一九八〇年，华沙古城被列入《世界遗产名录》，其理由是"人民为从残垣断壁中复原与维护而付出的不懈努力"，开创了世界先河。

10

我和摇月一同漫步于复兴后的中世纪典雅的街道，从哥特式到新古典主义，各式各样的暖色调建筑物鳞次栉比。

随着前进的步伐，我深受感动。我不由得感叹波兰人之伟大。波兰的历史是波澜万丈的历史。屡遭战争、生灵涂炭、国破家亡，可波兰总能如凤凰般涅槃重生。

枪弹所留下的痕迹在街上随处可见。重建街区的时候，来自原建筑的残砖断瓦得到了最大程度的二次利用。战火的痕迹也得以留存至今。

我不由得停下脚步，抚摸着那些伤痕。在那一刻，我好像听到了什么。

那是铅笔在纸上游走的声音。绘制出那三万五千张建筑图纸的声音。每每念及他们心中的灼热情感，我的心中便悲愤不已。那是对华沙的深切感情，是对故乡即将遭到破坏的悲伤与无助。随之而来的是那三万五千张图纸翻动时的声音，上百万、上千万的砖块不断累积在一起的声音……一切都宛如数不胜数的花束，温柔地盖住了骇人的枪声以及死难者的脸庞。

正因如此，当我看到那千疮百孔的空白之时，我所感受到的并不是疼痛，而是爱意，是地震之后望着摇月跳进阿武隈河时，自己心中羞愧难当、满溢而出的爱意。

华沙的石板路上弥漫着黑暗过往的凄凉。可凄凉之上，是当今华沙人民的美丽与光芒。肖邦那"藏在花丛中的大炮"的音乐，也许只有在华沙的天空中，才能回荡出最优美的乐声吧。

我凝望着墙上的弹孔，伫立良久，不知何时已潸然泪下。通过写小说，我知道正常人不会在这种地方掉眼泪，我也知道哭哭啼啼的家伙会招致他人的厌恶。可我还是控制不住自己的眼泪。

"……八云，你果然没有变过呢。"

摇月这样说着，轻轻地依偎在我身旁。

11

十月十六日，上午十点，华沙爱乐音乐厅。

摇月是今天的第一位演奏者。我坐在一楼的观众席上，二楼坐的貌似全都是本次比赛的评审，个个都是世界顶尖的钢琴家，大名鼎鼎的玛塔·阿格里奇竟也在其中！不过由于角度问题，我并不能看到他们。

广播通过英语和波兰语播报了比赛曲目。

摇月登上了典雅的木质舞台。她身着一袭娇艳红裙，秀丽黑发与白皙肌肤相映成趣，美丽动人。观众们以热切的掌声欢迎她的登场。经过前两轮评审，大家早已喜欢上了摇月，成为她的忠实拥趸。

摇月微笑着，举止优雅地向观众行礼，坐到钢琴前面。

今天的比赛用琴是雅马哈CFX，每位参赛者事前都可以在"雅马哈""卡瓦依""斯坦威""法奇奥里"这四个品牌中自主选择自己心仪的钢琴，而这背后也暗藏着品牌方与调音师们的竞争。

会场一片寂静。

摇月做了个深呼吸。

我也紧张起来。

摇月的手指开始在琴键上跳动……

她演奏的曲目是《玛祖卡舞曲Op.59》（三首）。波兰的传统民族舞曲主要分为波兰舞曲和玛祖卡两种，波兰舞曲在贵族阶层中广为流传，而玛祖卡深受普通百姓的喜爱。据说肖邦平日里像是在写日记一般写玛祖卡舞曲。

Op.59创作于一八四四年到一八四五年。彼时的肖邦依旧饱受身体不适的困扰，与恋人乔治·桑的儿子莫里斯之间的争执也让他痛苦不堪。

第一乐章以凄美的旋律拉开了序幕，第二乐章则让人倍感活力，第三乐章在开头流露出有如愤怒般的激昂感情，而后缓缓地转向优雅的旋律，最后以积极乐观的印象结束全曲。

这首《玛祖卡舞曲》创作于肖邦逝世的四年前，死亡的感觉在其中暗流涌动。

我已将近十年没有听过摇月的现场演奏。

她琴声响起的瞬间，我便起了鸡皮疙瘩。

摇月的琴声翻天覆地般地进化了。

在继承了田中希代子老师那种美丽、纯粹、醇厚、清澈的声音颗粒的同时，琴声中也点缀着摇月独特的丰富情感和缤纷色彩；音色仿佛在描绘着那多姿多彩的生活，一如生活在时刻变换模样一般，Op.59 也在时刻变换着颜色。摇月将这种变化表现得极为丰富，甚至带着高档红酒的淡淡芳醇。也许这就是摇月以前说过的"圆滑"。我思索着摇月在意大利的生活，毫无疑问是无比充实的每一天。日积月累的结晶瓜熟蒂落般呈现在了音色中。一些让我甚是怀念的记忆悄然复苏了，宛若季节轮回倒转，落在地上的樱花花瓣再次纷纷扬扬地飞向蓝天。不仅如此，好像有一种难以简单概括、无比珍贵、如同苍蓝珍珠般的情感在我的心中渐渐形成。

"ZAL"——摇月无比出色地将其表达了出来。

将近六十分钟的演奏结束之后，会场响起了雷鸣般的掌声。

摇月面带微笑地站起身来，向观众行过一礼，消失在了舞台侧翼。

她的演奏，惊艳全场。

12

十月十七日，这一天是肖邦的忌日。

上午的发布会宣布了摇月将在最终比赛登场。发布会结束后，摇月被前来采访的记者们团团围住，我站在远处望着她，深感我和她果然不是一个世界的人。

我坚信，摇月毫无疑问会赢下这场比赛。此后，她也许就能跟迄今为止视作目标的那些一流钢琴家平起平坐了，并且会有千千万万的人去聆听摇月的演奏——这是一件莫大的好事。

我们在圣十字教堂参加了名为"肖邦·安魂曲·莫

扎特"的追悼音乐会。晚上八点，存放着肖邦心脏的石柱前鲜花簇拥。肖邦至死都未能回到自己的祖国，去世后，肖邦的姐姐偷偷地将他的心脏带回了华沙。在第二次世界大战中，肖邦的心脏在人们的保护下得以保存下来，免遭破坏。圣十字教堂虽然也在华沙起义时被摧毁，但也同样得到了重建。

石柱上雕刻着《马太福音》第六章的话："……因为你的财宝在那里，你的心也在那里。"[1]

我想，肖邦的心也许在故乡的天上。弥留之际，肖邦留下了遗言："我希望自己的葬礼上演奏莫扎特的《安魂曲》。"

此刻，莫扎特的《安魂曲》正回荡在圣十字教堂那高耸的房顶上。

由于座位的关系，我们只能侧耳倾听着那优美的演奏。摇月以"我们是日本人，坐在比波兰人还好的座位上有失礼数"为由拒绝了前排的座位。

悲切庄严的歌声与音乐使我深受感动。

1　经文翻译引自《中文基督教大典》。

在祭坛前演奏的管弦乐团沐浴在吊灯的明亮灯光下。后方的听众笼罩在淡淡的昏暗中，人们悲怆地低垂着眼睛，不时还有人潸然泪下，芸芸众生相宛如一幅伦勃朗的画作。

摇月垂下修长的睫毛，静静地为肖邦献上默哀。

13

从十月十八日起，肖邦国际钢琴比赛的最终比赛开始了。

我有时和摇月一起，有时自己一个人倾听大赛上的演奏。比赛曲目要么是《第一钢琴协奏曲 Op.11》，要么就是《第二钢琴协奏曲 Op.21》。华沙国家爱乐乐团会与参赛选手进行合奏。指挥由雅切克·卡斯普契克担任，基本上所有决赛选手都会选择第一首，因此我反反复复地听同一首曲子听了很多遍。然而真不愧是脱颖而出的选手，他们的演奏非常出色，即便长达四十分钟，我都听得很入迷。

不可思议的是，我居然还在会场里偶遇了玛塔·阿格里奇，拿到了她的签名。

"谢谢你。"我怀着各种各样的复杂心情这样说道。

玛塔·阿格里奇朝我轻轻一笑。

摇月大部分时间都在独处，也许是在提升自己的专注度。

时间终于来到了十月二十日晚上七点五十分——比赛的最后一天，摇月作为最后一名参赛选手登场了。

她依旧身着一袭红裙登上舞台，观众以激烈的掌声欢迎了她。摇月分别与乐团首席、次席小提琴手握手之后，向观众行礼，坐到钢琴前。

旋即，摇月做了一个深呼吸。

她和指挥对视，微微点头。

演奏，开始了——

摇月选择的是《e 小调第一钢琴协奏曲 (Op.11)》——呈示部[1]由管弦乐团进行演奏，好一段时间都不会加入钢琴。摇月静静垂下双眼，凝望着琴键。我已经紧张

---

1 古典乐派协奏曲的第一乐章通常先由管弦乐团演奏呈示部，之后独奏乐器才会加入演奏。

到快要崩溃了。约莫四分半钟之后，钢琴终于奏响了第一个音——无比鲜明的极强[1]和声。

在那之后便是摇月的世界。低音丰饶，高音如玻璃球般光滑，她将肖邦的诗情画意完美地逐步呈现。摇月的表情、指法、踏板的踩踏，她的一举手一投足都是那么吸引人——我甚至产生了一种管弦乐团被摇月远远抛在身后，一下子沦为了背景板的错觉。

悠扬的旋律缓缓流淌。

钢琴在放声高歌。

我想，摇月和钢琴大概是难舍难分、两位一体的存在。

宛若一场优美的梦境在奏响音乐。

命运此刻也在奏鸣。

一如我和摇月相遇的那天。不，甚至比那天要更为强烈。不知为何，我的眼泪早已夺眶而出。摇月的演奏是如此极尽优美。她绝对会赢，我深信不疑。

——就在第一乐章还有大概四分之一就要结束的

1　极强：用来表示特定音符在演奏时强弱程度的音乐术语之一。

时候。

如同从高坡之上一冲而下，如同堆砌的高塔轰然倒塌，如同多米诺骨牌接连倒下，戏剧般的优美乐段正值高潮之时。

钢琴的声音戛然而止。

人群骚动起来，惨叫声也随之而来。管弦乐团磕磕绊绊地终止了演奏。

我睁开了紧闭的双眼。

摇月那杏仁状的眼睛睁得大大的，她凝望着自己的手。

摇月左手的无名指在第一关节和第二关节的连接处突然折断，掉在了琴键上。

她起初是一副不明所以的茫然表情，不久后脸色便如同死人一般铁青。摇月那美丽的脸庞也像是开裂一般扭曲了。

摇月凄厉地惨叫着。指挥反应过来，把摇月掉在琴键上的手指放进了胸前的口袋，抱住摇月的肩膀把她拉到了舞台侧翼。会场陷入严重的混乱与骚动，甚至有人捂住嘴哭了起来。而我连眨眼都全然忘却，只是茫然地、虚脱一般地瘫坐在座位上。

在那一瞬，我看见了摇月无名指的截面——纯白如盐。

我实在是太清楚这究竟意味着什么了。

摇月也患上了盐化病！

第七章 银色的手臂

Chapter.7

"我希望那千差万别的悲伤，

能够得到千差万别的救赎。

然后大家都幸福地开怀大笑。"

1

摇月被救护车送进了华沙市内的医院。

我和像是运营方的一男一女一同上了救护车。

在摇月接受诊疗的期间，百般茫然的我只得失魂落魄地凝望着医院里的基督像。这时，兰子女士和宗助先生出现了，他们貌似是跟在救护车后面过来的。

我们面面相觑，一言不发。彼此之间都没有任何想说的话。

过了一会儿，摇月出来了。她依旧哭得很凶。

"八云……八云……"

摇月的一袭红裙外披上了一件外套，我抱住柔弱

我想成为你的眼泪

的她，隔着摇月的肩膀望向了兰子女士和宗助先生。他们脸上是一副难以形容的表情，像是大受打击，又像是心如刀割。摇月完全无视了自己的父母，独自向着出口走去——在我无从知晓的那些日子里，他们之间的矛盾和争执也许从未止息，反而不断加深。我在两者之间稍稍犹豫了一下，向摇月的父母说道：

"……我想摇月是患上了盐化病。"

兰子女士难以置信地捂住了嘴。宗助先生怅然若失地半张着嘴。我跟上了摇月的脚步。

2

摇月坐在酒店房间的床上，哭个不停。

我坐在摇月身旁，持续地抚摸着她的后背。

我们相顾无言。今天发生的事情实在是太过悲伤，太过突然。摇月再也不能弹钢琴了，用不了一年她就会化身为盐，香消玉殒。我心中满是难以置信的感觉。我只觉得这一切都是老天爷跟我开的一个恶劣的玩笑。摇月一直哭到了凌晨三点，随后便突然倒下了，如同一根断掉的弦。我顿时乱了阵脚，不过摇月的呼吸很平稳。我让依旧身着红裙的她睡在床上，自己则无力地瘫坐在沙发上。

我查了一下，摇月的事情在网络上引发了轩然大波。她手指掉落的那个场景被实时转播，很多人都目击了事故现场。各国语言中看起来像是"盐化病"的单词在社交媒体上盛行。由于这种病实在太过罕见，在这之前基本上不为人知，可是通过摇月，这一奇病得到了爆发性的关注。

官方频道的视频录像自然将摇月的演奏部分剪掉了，可是其他的观众却把摇月手指掉落的那个镜头剪辑下来，在网络上疯传。看到这些视频，我的痛苦和愤怒无以复加。

我望向了摇月的那截断指，它被用布包着放在桌上。盐化的进程非常迅速，已经有将近七成化作了粗糙松散的盐粒，依旧保留皮肉的部分看起来莫名奇怪。我恐惧不已，马上用布把它给包了回去。我想起了母亲。

我很担心摇月会不会做出自杀之类的事情，只能在沙发上浅浅地入睡。

3

第二天，肖邦国际钢琴比赛公布了比赛结果。

获奖者沐浴在无尽的赞赏中，踏上了作为钢琴家的璀璨人生路。

我们没有关心过分毫，只是在昏暗的房间里长时间地发呆。后来，我才知道摇月得到了评审员和观众们的高度赞赏，获得了特别奖，不过这都是后话了。

摇月如同死去般地沉默着，既无悲伤，亦无笑容。她会以一定的频率眨巴着眼睛，时不时还会望两眼自己的左手。

我们乘坐傍晚时分的直达航班一同前往意大利。在两小时的航程中，我难以忍受那窒息般的沉默，试着和摇月说了几次话。可她也只是无比呆滞、失魂落魄地敷衍着我。

我们在米兰的马尔彭萨机场坐上出租车，前往摇月住的公寓。

公寓的白色外墙格调非凡，阳台上的绿色扶手看上去也很时尚。

房间内部宽敞得让人完全不觉得是独居公寓，里面甚至还有一个房间用来放三角钢琴。摇月脱下外套，径直走向了那个房间。儿时那个令人无比怀念的面包超人玩偶依旧置于钢琴上方。摇月安静地注视着它，而当视线垂到琴键上时，她便如同决堤般号啕大哭。之后，摇月哭了整整三天三夜。

为了摇月，一筹莫展的我也不得已想方设法地做了些事情——我一头雾水地在异国他乡的街道上购物，借助在网上查到的食谱做好饭菜，端到摇月的房间，端到梨花带雨的她面前。

"对不起，我没胃口……"

摇月整整两天没有吃过任何东西。即便度过了如此漫长的时间，摇月的眼泪也依旧如同融化了的蓝色颜料一般，深切而又悲伤。摇月的房间仿佛变成了深蓝色的大海，淹没了钢琴，也许有朝一日会把摇月也淹没。

每每念及摇月断指的空白，我都会感到撕心裂肺般的疼痛。我千方百计地想要填补这份空白，便把摇月多出来的那份饭菜狼吞虎咽地吃掉了，吃到几乎要吐出来。

第三天早上，摇月吃了一点切成片的橙子。她的眼袋上是重重的黑眼圈，仿佛染上了悲伤的颜色。吃过几片橙子之后，摇月说了一句"谢谢你……八云"，然后又哭了起来。

深夜，我突然惊醒，听到了"砰砰砰"的钢琴声。

摇月在拍打着琴键。我睡得迷迷糊糊，脑海中浮现出了非洲象的身影。母象出于某种原因死去，横尸大地，被抛在了象群之后。小象无法理解母亲的死亡，用鼻子在母亲的屁股周边搜寻着什么，前脚"咚咚咚"地踢着母亲的尸体，仿佛在说"快醒醒"。

摇月那"砰砰砰"的钢琴声，便是如此悲痛欲绝。

我的睡意一扫而空，细细地听着摇月的啜泣声，她的琴声中仿佛夹杂着憎恨。那是与深爱背道而驰的憎恶。摇月将时至今日的人生都尽数奉献给了钢琴，可即便如此也未曾有过一丝一毫的后悔，她深爱着钢琴，在钢琴里找到了自己的幸福。可是钢琴却突然间背叛了摇月，让这份深爱反转为了憎恶。我甚至能在那粗鲁的琴声中感受到摇月想将琴键砸烂的欲望。可摇月迄今为止都宛如祈祷一般，无比怜惜地弹奏着钢琴，因此对它的憎恨也无法彻底，只能在痛苦的边缘弹奏出哀切的声音。那便是摇月的话语。

她仿佛在无声地哭诉"不要弃我于不顾，不要独留我一人"。

4

第四天早上，一阵扑鼻的香味把我唤醒，餐桌上已经摆好了盘子。

我望向厨房，摇月正富有节奏地用刀切着菜，这番节奏在我耳中是如此亲切和怀念。摇月扎成一束的黑色漂亮马尾微微地摇摆着，她穿着一件绿色的围裙，又把一个餐盘给端上了餐桌。那白皙脖颈的优美曲线也在不经意间映入了我的眼帘。

我半是惊讶半是呆滞地望着摇月忙里忙外的样子。

"早上好，八云。"

摇月朝我露出了可爱的微笑。她眼袋上的黑眼圈已经不见了踪影。

"啊……嗯……早上好……"

在摇月的催促下，我有些困惑地坐到了餐桌前。烤得焦黄的面包、清汤、意式番茄沙拉、培根蛋、橙汁，餐桌上的颜色是如此鲜艳和明亮，让我疑惑先前那番深切哀愁的蓝色究竟到哪里去了。

"我开动了！"

摇月做的这顿早餐尽管简单，却美味非凡。她也吃了不少。

摇月问我，在她以泪洗面的那几天里，我过着什么样的生活。缺乏生活经验的我自然是四处碰壁。摇月听完，有些意外地哈哈大笑着，又大口喝着橙汁。吃完早餐，摇月动作麻利地收拾餐具，又干净利落地洗好了碗。

"八云，你是要当小说家的人，必须好好地写小说才行。"

摇月这么说着，把我赶到了角落里的房间让我写作，自己则启动了一台声音听起来有些奇怪的吸尘器。过了一阵，我又听到了"咯吱咯吱"的摩擦声，一阵令人心旷神怡的香味弥漫在房里，摇月推开门，说着"辛苦了"，轻轻给我放下了一杯咖啡。刚才的声音是她在磨咖啡豆。我细细地啜饮一口，果真美味非凡。于是我又继续奋笔疾书，却意外地收到了古田发来的邮件。

"八云，好久没有你的消息了，最近在做些什么呢？"

我回想着这些天来令人眼花缭乱的生活，姑且将它们抛开之后，我回复道：

"还是一如既往地在写小说。"

"其实我觉得，你试着去写一下那些无益也无害的恋爱喜剧也是一种选择哦。"

这人讲话还是一如既往地莫名其妙。我带着些许恼火敲击键盘回复：

"请问这是什么意思呢？"

"试着放空大脑，尽情地去写自己喜欢的东西，没准这样能找到一条全新的道路。"

"你这话说得就跟占卜师似的，云里雾里的。首先，我完全不喜欢什么恋爱喜剧。其次，我也没法一下子就想到自己到底喜欢些什么。"

"真的嘛！可是我有很多喜欢的东西哦！"

"那你喜欢什么？"

"我最喜欢的东西呢，是胸部！胸部啊！"

这家伙真的比我多活了一倍的年月吗？

5

傍晚时分，我和摇月一起看了《天堂电影院》。

下一个段落开始涉及剧透，我希望还没有看过这部电影的人可以在看完电影之后再接着读下去。这是一部非常优秀的电影。我个人推荐看剧场版，而非完整版。

电影的最后一个镜头，主人公多多看着那盘胶卷，看着那些过去在电影中被删减掉的吻戏镜头，他怀念着过去，笑中亦有泪。这个绝美的镜头让我和摇月都流下了眼泪。电影结束之后，片尾字幕开始滚动播放。在完全昏暗下来的房间里，电视那苍白的光芒照亮着我们。我们在那苍白的光亮中四目相接。

黑眼圈在摇月的眼袋上"复活"了。她其实只是通过化妆掩盖住了而已。

摇月好像发觉我在望着她的黑眼圈，她说道：

"八云，你知道吗，田中希代子老师也是在三十多岁患上了胶原病[1]，再也没办法弹钢琴了。她应该非常悔恨吧，摧心剖肝般的痛楚大概也让老师饱受折磨。可是，田中希代子老师在患病之后培养出了众多弟子，坚强地活到了生命的尽头。我也要向田中希代子老师学习。彻底放下悲伤，坚强地活下去。"

我再一次被摇月的坚强所震惊了。即便失去了如此深爱的钢琴，摇月却已经开始用生活中的声音去填满今后那令人惧怕的静谧了。

对摇月的敬佩之情将我深深打动了，我沉默不语。摇月突然问道：

"……八云，你有接过吻吗？"

我被吓了一跳，望向了摇月。她直直凝望着已经放完片尾字幕、空无一物的屏幕。兴许是由于电影最后一幕那如同雨点般密集的吻戏镜头，摇月才会问出

---

1 胶原病亦称结缔组织病，是风湿性疾病中的一大类，常表现为肌肉关节病变等症状。

这个问题吧。

"⋯⋯我⋯⋯没有⋯⋯"

"⋯⋯我也没有。"

我们四目相接，热烈相望。摇月的表情好像有些紧张。我问道：

"⋯⋯你想吗？"

"⋯⋯倒也不是这么一回事⋯⋯"

"⋯⋯不想的话，那就算了？"

摇月的左边眉毛挑了一下。

"⋯⋯嗯。我累了，我先睡了。晚安。"

话毕，摇月迅速站起身来，在卫生间刷了牙，连澡都没有洗就上床睡觉了。

6

我们在意大利继续过着奇妙的同居生活。

十二月初，我们迎来了一位客人——电影导演丹尼尔·米勒。他看起来有点像漫画里的角色，长相颇为有趣。米勒导演个子不高，体格健壮，顶着一头乱糟糟的栗色头发，鬓角和漂亮的胡须连在一起。他戴着一副四四方方的红框眼镜，T恤上印着超人的图案，外边还披着一件时尚的灰色外套。

和导演同行的还有一位女性，不知是秘书还是助手。她个子比导演要高，而且穿着一双高跟鞋，是一位大长腿的拉丁裔美人。一头黑发梳得甚是浓密，鼻梁宛若魔女般挺拔，睫毛也修长得有些怪异，配上眼影，看起来有点像是埃及艳后。

在摇月用英语和导演侃侃而谈的时候，我去给大家泡了茶。不过话虽如此，也只是把日本国内随处可见的绿茶包给冲开而已。

米勒导演却喝得津津有味，甚至大赞说："我爱日本茶！""埃及艳后"也认可地微笑着，接连点头。

米勒导演望了望我，向摇月问道："他是你的恋人吗？"

"不，只是朋友而已。"

摇月那番"No. He is a friend"的说法，听起来好像有点多余的强调。

彼时的摇月连右手小拇指、中指、左手的大拇指都已经开始有所缺损了。盐化病在切切实实地恶化，摇月在拿起茶杯时稍微费了一点劲。

米勒导演语速很快，而且时不时地还会有些结巴，英语水平堪忧的我完全没法跟上他们的对话，只能和埃及壁画般的"埃及艳后"面面相觑地喝着茶，看着摇月和米勒导演无比热切地交谈。

过了大概两小时，导演和"埃及艳后"回去了。

微笑着挥手说"再见"的米勒导演看起来还挺可爱的。不过"埃及艳后"自始至终都没有说过一句话。

"——所以，你们聊了什么？"

两人离开之后，我向摇月问道。

"导演说想以我为题材来拍一部电影。"

"哇，这不挺厉害的吗！"我很吃惊，"所以你怎么回复他的？"

"我说让我考虑一下。"

之后，我和摇月一起看了几部米勒导演的作品。虽然从他那件超人 T 恤上就能猜个八九不离十了，导演的趣味基本都是美国漫画，在此基础上又融合了日本亚文化，看上去不知所云，且像是在模仿斯皮尔伯格的风格，难免有些卑劣之态。

"虽然这么说好像不太好……"我挠了挠脸，"感觉是三流电影……"

"想要彰显个性，实际却毫无个性可言，美学和哲学也是未见分毫。"

"说得还真过分啊。"

"他还凭着一副三寸不烂之舌，说什么'电影就是我的灵魂'呢。"

"摇月，你好像有点生气？"

"我觉得我好像看穿了那个人的企图……"

摇月叹了口气，如拼图一般把自己残缺的双手并在一起。

"……他只是想拿我来当跳板而已。他想拍下我因为盐化病而痛不欲生的样子，拍下我克服困难艰苦求生的样子，然后……拍下我死去的样子。如果在我变成盐之后，八云，你还能在我身边掉几滴眼泪的话就更完美了。他能拍出一部完美的催泪电影，再加上肖邦国际钢琴比赛上的那件事情，他的电影肯定会爆红的。这样一来，一直徘徊在三流导演之列的米勒就能鲤跃龙门，扬名天下……"

"怪不得……"

"大部分人其实都不会看出米勒导演那些下三烂的心思。人们被'很好哭'这样的宣传语骗进电影院里，然后在米勒导演精心设计的桥段下一通大哭，哭痛快了就心满意足地回家睡大觉，第二天把这件事忘得一干二净。而我的死就这样被简单地消费了——我才不要这样。我不是为了被别人消费而生的。我也不是为了被别人消费才落泪和欢笑的。我可不是什么烂好人，能为了将一部三流电影升级成二流而献出生命……"

在平静如水的日子里，摇月不时会流露出如此激情的一面。

"不想被消费"——我想，这大概是摇月心中无比坚定的想法吧。我实在是对此太能感同身受了。摇月的反抗心理约莫是源于地震和 CD 封面的那件事情。地震被一部分人消费了。在有人去做志愿者和捐款的同时，也有人为了赚钱和博取眼球去利用地震、消费地震。而摇月则因为 CD 封面的那件事被迫成为帮凶。

因此，摇月绝不允许别人轻易地去消费他人的不幸以及死亡，自然也不想被他人消费。

"那个人绝对会让同样患有盐化病的人感到悲伤，他表面上看起来很温柔，背地里却只想去拍那些伤害人心的东西。这种电影无论有多卖座，也只会是可耻的烂片。"

"……摇月，你真严格。不过，没准我还多少有些想看呢……"

我谨慎地这样说道，而摇月那严肃的表情却顿时柔和了下来。

"那……八云，你来拍吧！"

7

于是，我开始用摇月的摄像机为她记录下影像。

我拍下了她日常生活中的点点滴滴。每当我拿着摄像机靠近，摇月便会笑着朝我挥挥手，可爱极了。不管是什么样的拍摄角度，摇月都是那么上镜，那么漂亮，我甚至产生了自己摄影技术很好的错觉。

即便只是以米兰那美丽的大街小巷作为背景，去拍摄摇月微笑着漫步其中的侧脸，我也不可思议般地感觉自己好像完成了一部伟大的作品。原来世上有摇月这种不用像我那般奋笔疾书，仅仅是飞花拂柳便能动人心弦的存在。

我发现，镜头里的摇月越来越漂亮了，比罹患盐化病之前更美。也许那便是死亡之美。正如线香烟花在熄灭之前会绽放出最为耀眼的光芒。

摇月已经没法稳稳当当地抓住市场上买来的樱桃了。当她勉强用残缺的手指抓起那鲜红的果实时，她会有些羞涩地笑着，一口把樱桃吃掉，掩饰自己小小的笨拙。那纯白色的结晶化手指截面与鲜红色的樱桃之间形成过分强烈的对比，看起来莫名有些像鲜血，我的心情难以平静下来。

"八云，拍视频的感觉怎么样？有没有想要当一个电影导演呢？"

摇月微微地歪着头，向我问道。我想了一会儿，说：

"比我想象的要有意思多了。不过……我果然还是想去写小说。我觉得我想要表现的东西存在于话语和文字之中。"

"这样啊……"摇月一脸认真地问,"八云,你想写的是什么样的小说?"

我思索片刻,回答道:

"能帮到——"

"能帮到摇月的小说"——我很想这么说,可是却没能说出口。

我想写能把摇月从绝望中拯救出来的小说。

我想写能治愈摇月失去钢琴之悲伤的小说。

但我很清楚这些都是不可能的事情。摇月的绝望和悲伤是那么深切,而我又是那么不成熟。所以,我只能说"能帮到别人"。

"我想写能多多少少帮到别人的小说,帮到那些只能通过故事得到救赎的人。"

"……还真是幼稚啊。不过,确实很有八云的风格。"

摇月这么说着,露出了温柔的笑容。

"那你以后也要把我写进小说里面哦。我也想要和八云一起,帮到其他人。"

"嗯,一定会的!"我不负责任地说出了这句话。

8

我发现,摇月会在深夜独自啜泣。

听着从摇月房间里传来的那抽抽搭搭的声音,我发现自己什么都做不了。在无能为力之中,我只能一个劲地写小说,在小说里给予摇月幸福。尽管我深知这一切没有任何意义,但我还是如同祈祷一般奋笔疾书,祈祷能将摇月拯救于水火之中。

某天夜里,我在睡梦中醒来,发现情况有些不太一样。我没有听见摇月的哭声,反而客厅里传出了一些动静……

我偷偷摸摸地从床上爬了起来,静悄悄地推开房门。

客厅里是摇月的背影。

面朝马路的大大的窗户边,摇月独自坐在桌前,橙色的台灯照亮了她的身影。

摇月有些惊讶地朝着我转过身来。

"啊,八云,你还没睡吗?"

走近之后,我看到桌上摆着一台显微镜。那是一台异常古老的显微镜，由褪色的古铜制成，结构极其简单，貌似只是把圆筒装在底座上。

"为什么突然捣鼓这么老掉牙的东西？"

"我在古董店里看到的，觉得还挺不错的，就心血来潮地买下来了。"

摇月挪动身子，为我空出位置。我在摇月身旁坐下，触碰到了她温热的肌肤。摇月的体温比我想象中还要高。我凝望着显微镜那优美的造型，随后观察了一下目镜。

我看见了半透明状、四四方方的颗粒。

"你在观察盐晶体吗？"

我惊恐地望向了摇月。她露出了淡淡的微笑。

"嗯，我觉得终归得看看才行。"

摇月说着，又用显微镜观察起了盐晶体。她把发丝别在耳上，睁大了杏仁状的眼睛。

我望着摇月美丽的侧脸，心中泛起阵阵凉意。

摇月在直面自己的死亡。

"真的很漂亮，"摇月说道，"那么可怕，却那么美丽……我那么复杂，那么丑陋，可是在死后却会变成那么纯朴和美丽的结晶，还真是不可思议……"

我的脑海中浮现出了华沙的战场，那里生灵涂炭，无数生命化作灰烬，堆成了一片灰色的沙漠。人类最终的归宿，其实本就如此纯朴。

如此纯朴、静谧，而又美丽。

"可是，这种美未免太过凄清寂寥了。"

"不过，也许人在潜意识中都希望自己能消融于这番凄清寂寥之美中吧。既无愤恨，亦无悲痛，在清澈如水的寂静中，仿佛置身于安稳平和的夜曲中，得到片刻的小憩……"

夜已深了，窗外的米兰，暗夜如海底一般深邃。

我想，摇月开始接受自己的死亡了。也许她会化作那美丽的盐晶体，渐渐消融于深邃的夜晚……

"我希望彼岸可以更加热闹。千差万别的人们能够怀抱着自己千差万别的美丑，在彼岸得到幸福。我希望那千差万别的悲伤，能够得到千差万别的救赎。然后大家都幸福地开怀大笑。"

"……如果是真的就好了。"

摇月淡淡地微笑着拿起了一个小瓶子，里面装着她的身体所化作的盐粒，摇月把里面的盐都倒了出来，纯白色的盐纷纷落下，堆成了一座小山。

摇月用右手仅存的食指推倒了那座小山，用沙画的方法画了一朵花。

看着笑容满面的摇月，我也笑着回应了她。我抹掉了那朵花，画了一头鲸鱼。

"哇，好可爱。八云画画真厉害啊！"

"这是一条会飞的鲸鱼。"

"那等我死了，希望这条鲸鱼能来接我。"

"是头等舱哦。"

"哈哈！"

摇月笑着靠在了我身上。我感受到了她的体温和气息，感受到了她那随着呼吸而微微晃动着的身体。摇月柔顺的头发蹭到了我的下巴，轻柔的香味将我包围。我轻轻抱住了摇月纤细的肩膀。她没有任何抗拒。

那是一段有些悲伤且难过的时间。

"在我死的时候——"摇月念叨着，"我想死在那个生我养我的地方。"

摇月的话语化作冰冷的刀刃，刺穿了我的胸膛。

"……嗯。"

"八云，我们回去吧。回到我们的故乡……"

9

二月，我们回到了福岛县郡山市。

不知道是因为从地中海沿岸搬回来，还是因为摇月离去的日子逐渐逼近，阔别已久的福岛让我感受到了些许压抑的气氛。而回到故乡的摇月，却是一副出乎意料般安静的神情。

我们搬进了一间对于两个人住而言有些过分宽敞的公寓。烦琐的搬家手续以及行李的搬运基本上都是由我完成的。事情全都搞定之后，我在摇月的指示下，重新调整好了挂钟的角度，那个挂钟设计得像是橙子的切面。我们相视而笑。

摇月的手指一根都不剩了。

下厨做饭之类的事情全都由我来承担。由于想让摇月吃点好吃的，我细心钻研了一番，煞费苦心地做了点讲究的饭菜。摇月吃得津津有味。

"很不错哦，八云的厨艺很棒！"摇月笑眯眯地张着嘴，等着我用筷子或是勺子把饭菜喂到她的嘴里。虽然这样的事情想来很麻烦，但摇月却总是那么开心。

为了让失去手指的摇月也能正常生活，我想了很多办法。比方说把橡皮筋缠在她的手背上，以此代替手指去抓握。我把梳子夹在里面，让摇月自己梳头；把牙刷夹在里面，让摇月自己刷牙……不过也许是因为麻烦，摇月还是喜欢让我来给她做这些事情。在给她刷牙的时候，她甚至还会把头枕在我的膝盖上。

给摇月洗头也是我的职责之一。听到她喊我的名字，我便会脱掉袜子、卷起裤腿走进浴室里。裹好浴巾的摇月会乖乖地坐在椅子上等我。为了不让盐化病那特有的结晶化截面沾到水，摇月洗澡的时候会戴着橡胶手套。我坐在椅子上，给摇月洗头。

"这位客人，有没有觉得痒呢？"

"嘿嘿。"

尽管我装作美发师的模样在跟摇月开着玩笑，可我的内心实际上无比忐忑。摇月比以前丰满了一些，她雪白的肩膀光滑地隆起。浴巾微微地陷进柔软的肌肤里。头发打湿之后宛如乌鸦湿润的羽毛一般乌黑柔亮，脖颈也是无比白皙，腰身的曲线在毛巾的紧密贴合下显得莫名妩媚。

"我最喜欢的东西呢，是胸部！胸部啊！"

我把古田的这句话从脑海里赶出去，在背后伸手给摇月洗头。

我静静地触摸着摇月的头发，心中莫名地有些难过。摇月的后背看起来像是一道无依无靠的白色背影，这让我想起了年幼时的摇月。

那个透过双层窗窥见的、在严厉的钢琴课上显得无比悲伤的小摇月。

也许，摇月的心正在一点点地回到那个时候；也许她会在香消玉殒前找回那颗尚且幼小的心，找回那个时候未曾得到过的爱。

一想到这里，摇月的脑袋和身子都莫名地迅速变小了，看上去是那么寂寞。

我在道不清的哀愁中离开了浴室。这时，身后传来了呼唤我的声音。

我疑惑地再次打开了浴室门，被吓了一跳。

摇月从浴缸里伸出了一条白皙的腿。

"为了感谢八云你给我洗头，这是小福利哦。"

旋即，摇月无比机灵和性感地朝着我眨了一下眼。我还是第一次见日本人能眨得这么好。于是，我在困惑中回答道：

"……啊……嗯……谢谢你！"

摇月的脸蛋眼看着就红了起来。

"……你这什么反应啊！笨蛋！色狼！滚出去！"

摇月即便没有了手指，泼水的本领却很出色，热水"啪"的一声精确命中了我的脸。

还真是蛮不讲理。不过，时至今日，我还是不知道那个时候究竟做何反应才是正确答案。

10

我问摇月要不要去见一下她的父母。可是她非常生气。

"我才不要去，我和他们已经断绝关系了！"

"……就去见一面怎么样？他们应该也很担心

你的……"

"不去，我早就决定再也不要见到他们了！"

"虽然我很理解摇月你为什么讨厌他们，但是兰子女士会这么严厉也是为了你好——"

"八云，你懂什么？"摇月打断了我的话，很不高兴地说道，"而且，八云，你有权利对我的家庭指手画脚吗？"

这么说来，确实没有。一丝一毫都没有。大概是因为一直和摇月过着奇妙的同居生活，我感觉我和摇月仿佛早已步入了婚姻殿堂，可实际上我们就连情侣关系都不是。

摇月依旧怒不可遏：

"八云，你是不是被拟剧论毒害了？"

"拟剧论"——摇月想要表达的应该是"演出法"的意思。

"就像那种在故事开头和父母大吵一架，然后到最后却跟父母和好的大团圆结局。你是不是用这种故事作家特有的固化思维去思考了？"

虽然有点怀疑，但也许摇月并没有说错，我的思维方式很有可能在无意中固化了。最起码我无法断言说自己没这种思维。摇月继续说了下去：

"别再这样了。人的感情可没有那么单纯。尽管很多人都照本宣科地说着'必须珍惜父母''毕竟是一家人，你就原谅他们吧'之类大言不惭的话，可是到头来，那些不过是有着好父母的人的一己之见，是养尊处优者毫无想象力的想法。我确实是因为父母才当上了钢琴家，但是除此之外的一切，我对他们恨之入骨。我永远都不会原谅他们。这种事情没你想的那么单纯。所以，你不要像米勒导演想拍关于我的电影那样，随随便便地对待我，也不要用这么迟钝的手法将我简简单单地故事化了。"

我再也说不出一句话来。我本以为自己是一个极其敏感细致的人，可摇月却无比鲜明地将我的迟钝表达了出来。望着华沙古城的千疮百孔潸然泪下的人，和肆意插手摇月家中敏感问题的人，居然都是同一个人——这恐怕极其奇妙，但也极其自然。人的想象力并没有多高。再怎么伟大的人都无法逃脱这一桎梏。同样的一句话在昨天可以安慰别人，今天就有可能伤害到别人，这种事情在世上比比皆是。所以我们必须去想象，想象自己其实并没有多少想象力，想象这芸芸众生的想象力本就贫瘠。

"故事化"，这个词莫名地刺痛了我。我想起了米勒导演来做客时，摇月说过自己不想被消费。那个时候的她也同时拒绝了被"故事化"。

"故事化"究竟是什么呢？

甚至，"故事"又是什么呢？

我思绪万千。

而且，为何摇月在拒绝"故事化"的同时，又希望能够出现在我的小说里呢？

11

三月初，我们收到了一个从波兰寄过来的快递。

那是一个仿佛能装进一把小提琴的细长纸箱，里面塞满了缓冲材料，包裹着一个体积小一圈的箱子。

打开箱子，里面是一双收纳在黑色海绵底座上的精美的银色手臂。

"这是什么？"

摇月拆开附在里面的信读了起来。其间，我拿起了银色的手臂细细端详。手臂的做工极为精细，一眼望去仿佛是一件工艺品，精密的内部构造也有意设计成了可视化的模样。

"好像是义肢，机械义肢。"

摇月这么说着，把信件递给了我。信纸上用日语这样写道：

我委托一位日本朋友代笔这封信。

我叫埃米尔·卡明斯基，是一名波兰人。

冒昧给您寄去包裹，真的非常抱歉。我虽然很想直接和您见面，但是由于工作繁忙，只能通过信件致以问候，实在是过意不去。

（中略）

我在波兰一家名为"哥白尼科技"的公司从事机械义肢的开发工作，给您送去的那件产品便是我们正在开发的新作"AGATERAM 银臂[1]"。该产品目前尚未上市，因此在网络上还没有任何信息。

银臂的构造是革新性的，除了利用表面肌电信号这一传统机制以外，还通过人工智能对超声波信号进行深度学习，不断进行微调，打造出量身定制般的……

（中略）

综上所述，这款银臂如同羽毛一般轻盈，用于适应的训练时间比市面上的所有机械义肢都更短，可以实现手部自由活动。不仅如此，银臂还是防水材质的，适用于任何场景。

（中略）

本人有一事相求，我有一个女儿，叫作米赫，今年六岁了。

米赫一生下来就没有手臂。她有先天性的前臂缺失。

我和米赫在华沙爱乐音乐厅看到了您在第十七届肖邦国际钢琴比赛上的演奏。米赫非常感动，甚至泪

1　该名字来源于凯尔特神话中的丹努神族之王"银臂努阿达"。

流满面，她非常崇拜您，说也想要弹奏钢琴。

可是，米赫天生的双臂残缺注定了她不可能弹得了钢琴。在那之后，米赫闷闷不乐，茶饭不思，每天都入迷地看着您的钢琴演奏。她仿佛终于察觉到了自己没有手臂……

我是一名机械义肢的开发者，便向女儿夸下海口说"总有一天爸爸会给你做一双手臂出来的"，可是米赫无论如何都不相信我。

米赫现在是"零学年"（代笔者注：波兰的幼儿园区别于日本，在小孩子七岁时的九月，上小学一年级之前，必须上完"零学年"），肢体残疾的米赫第一次过上了集体生活，但她在学校里大概过得非常痛苦，总是请假，经常待在家里闭门不出。

我教导米赫说"人生中充满了艰难险阻，米赫你也必须坚强地去克服"，可是米赫却顶嘴说"爸爸你有手臂，所以你不会懂的"。我在无颜面对女儿的同时也实在是走投无路了。

（中略）

我知道这是非常自私的请求，但我恳请五十岚摇月小姐您能装上银臂，为米赫弹奏钢琴。

　　哪怕只是一小段也可以。看见您弹奏钢琴的身影，我想米赫也能重燃对未来的希望，鼓起勇气去面对艰难痛苦的现实……

　　（后略）

　　这是一封冗长的信件。我能从字里行间读出对方那极度的迷茫以及焦灸的情感。

　　"摇月，我们怎么办？"

　　"不怎么办。我现在没法装上它，所以无能为力……"

　　银臂是为前半截手臂缺损的人所制作的，而摇月现在手背还有残存，等她能装上银臂，应该是好几个月之后的事情了。不仅如此，摇月还很有可能要把本就所剩无几的寿命用在义肢的训练和适应上……

　　"那……等你能装上它之后呢？"

　　"我想竭尽全力地去帮忙，"摇月的回答没有一丝犹豫，"但是我也不知道这条手臂的可操作性究竟能到什么程度……"

我们查了一下有关机械义肢的资料。机械义肢主要通过采集皮肤表面的肌电信号，转换成电信号驱动运作。机械义肢在日本的普及度还很低，而且市场上流行的机械义肢基本上都产自德国，价格高达一百五十万日元。即便得到医生开具的"熟练使用肌电义肢"证明之后可以得到政府提供的补助金，可是相应的义肢训练机构在全国不到三十家，能支持儿童进行义肢训练的更是仅有三家。不仅如此，义肢的训练时间通常需要花费两到三年，这期间必须要使用临时义肢，临时义肢无法得到补助金，所有开销均由自己承担。这也难怪机械义肢在日本的普及率如此低下了。

据说，与传统的机械义肢相比，银臂使用了3D打印技术，生产成本相当低廉，基本上不需要花费太长的训练时间就能自由地操控。如果一切属实，那么银臂无疑是一项革新性的技术，它会成为无数人的希望。

我们在网上看了好几个机械义肢的视频。通过机械来重现复杂的手部动作本身就已经非常了不起了。我们都对机械义肢的开发研究者肃然起敬。只不过，

无论是哪种机械义肢，其操控精确度都远未达到可以
弹钢琴的地步。

网上自然也没有银臂的视频。毕竟这是人家公司
的商业机密，因此，到最后我们也还是无法想象这条
精美的银色手臂究竟会如何运作。

12

三月十一日，摇月为东日本大地震的死难者默哀。
她微微低头，紧闭双眼的模样美得让我惊讶。

13

四月，摇月手腕以下的部分全都变成了盐。

她学会了用脚去做各种各样的事情。摇月非常聪
明，甚至能用脚无比流畅地玩手机。她机灵得让我感
到震惊。不仅如此，我从来没有见过摇月用脚做出什
么不太优雅的举止。大概是因为在做那些不太优雅的
动作时，摇月都巧妙地避开了我的视线吧。

我经常和摇月去儿时的那片花田散步。小学三年级的时候，摇月告诉我她家后院有一片野生的花田，在那之后，我便为了母亲经常去那里摘花。穿过那片花田，不远处就是摇月的老家。我们住在了摇月父母的眼皮子底下。

我和摇月的住处附近也有一大片蒲公英花田，每当强风吹拂，那里便会化作一片金灿灿的海洋。金黄色的波浪翻腾至远方的花丛，又掠过那斑驳树梢飞向蓝天。宛若在无尽旅途中丝毫不觉腻烦的清风给我们开的一个天真的玩笑。

摇月坐在那片蒲公英花田上，脱掉了自己的鞋袜。鲜艳金黄的蒲公英花上是摇月白皙纤细的赤裸双脚，以及比肌肤更为白皙的大片结晶化截面……摇月的脚趾也开始盐化了。也许有朝一日她就会失去行走能力。大抵是恐惧那样的未来，摇月才经常和我出来散步。

摇月用指尖触摸着脚趾上的截面，说道：

"好像有点隐隐作痛。"

"隐隐作痛，指的是幻肢痛吗？"

"大概吧。这种痛以后会越来越严重吗？那个时候，八云的妈妈是怎么样的？"

"……妈妈那时也饱受幻肢痛的折磨。"

一阵轻柔的风吹过，蒲公英的花儿缓缓摩挲着摇月赤裸的双脚。宛如母亲在抚摸孩子隐隐作痛的肚子一般，手法极尽温柔。蒲公英花儿的手法能否治愈摇月的幻肢痛呢……

"……摇月，你最近是不是经常出门？"

摇月这阵子经常一个人偷偷地往外面跑，而且看起来还有些心虚。

她凝望着在风中微微摇摆的蒲公英，静静地说道：

"……我打算在彻底失去行动能力之前住进临终关怀医院。"

临终关怀医院和以治疗为目的的普通医院不同，只是为了缓和那些时日无多的患者的痛苦。我仿佛听到了死神逐渐逼近摇月的脚步声，吓出了一身冷汗。

"我不想到时候还让八云你照顾我，所以想早点住进去。"

"不想让我照顾？"

"当然，我不是在说讨厌你……"

说完这句话后，摇月再没多说什么。

14

五月，摇月失去了大部分脚趾。

也许是因为无法很好地保持平衡，摇月走起路来踉踉跄跄，脚步蹒跚，每当快要摔倒被我搀扶住时，她都会露出些许羞涩、些许掩饰般的笑容。

摇月即便走得有些艰难，也还是坚持着要自己走路。我想这是因为她舍不得那种脚踏实地的感觉。摇月淡然地迈出的每一步，都是深切告别的话语。

窗外金灿灿的蒲公英花田，在不经意间变成了洁净的白色田野，甚至让人产生了下雪的错觉。每当风起，那片白茫茫的蒲公英花田便会热闹地翻腾起波浪。

蒲公英的花儿全都变成了绒毛。

"哇——！"

摇月的眼睛里闪烁着光芒，她轻轻地叹了一口气，我甚至觉得她的气息都是白茫茫的。

我们在那无比平整、茂密的白色花田上留下了星星点点的足迹。我们每走一步都会扬起轻柔的蒲公英绒毛。我和摇月静静地席地而坐，沙沙的声响不绝于耳。那一个个装满了蒲公英种子的浑圆绒毛，都如同小小的神乐铃，蕴含着充满某种预示的声音。这时候仿佛大声讲话，面前那安稳平和的景色便会被摧毁殆尽，我和摇月凑到了对方的耳边窃窃私语。摇月的气息吹拂着我的脸庞，让我心痒难耐。

　　"八云，机会这么难得，我们来聊点对方的秘密吧。"

　　摇月的声音极尽娇媚。

　　"嗯。"

　　"你先来。"

　　"其实我一直都觉得，"我顿了顿，说道，"'垦田永年私财法'念起来非常押韵。"

　　摇月笑个不停，皱起了眉头：

　　"这算什么嘛！八云，你好狡猾。那轮到我说了哦。"

　　摇月的嘴唇向着我的耳边靠近，她的鼻尖轻轻地蹭到了我的耳朵。我能听到她轻柔的呼吸声。

　　这时，起风了。一阵狂躁的野风吹过花田。

我的头发都被风给吹乱了，我闭上了眼睛。

野风平息了下来。再次睁开眼，是一片如梦如幻般的光景。

宛如雪野一般广袤的蒲公英绒毛在空中纷纷扬扬。它们比真正的雪还要静谧和激烈，在风中翩翩起舞，穿过花田，掠过树丛，飞向五月的蓝天。

视野中的一切仿佛都被染成了纯白，这道风景美丽得让人脊背发凉。

"不要……"摇月的声音有些微微发颤，"去世的外婆以前告诉我说，如果蒲公英的绒毛飞进了耳朵里，人就会再也听不见声音的。八云，捂住我的耳朵！"

摇月的恐惧貌似是真切的。她对于即将到来的死亡可以如此坚强，但是对于封建迷信却也如此恐惧，虽然感觉奇怪，但我想也许这就是人吧。

我用双手捂住了摇月的耳朵。摇月那杏仁状的大眼睛不停地眨巴着，她的呼吸也在微微震颤。我感觉自己的手中仿佛守护着一个弱小的生灵。

摇月在我眼中突然变得那么楚楚动人，那么惹人怜爱。

我们深情地凝望着对方。

之后发生的事情，如同被施了魔法一般，是那么自然而然。

我和摇月第一次接吻了。

15

初吻过后的好一阵子，摇月光是和我对视都会满脸通红，然后飞快地不知躲到哪里去。脸红的人当然不只是她，我也害羞得不得了，我们俩没完没了地继续着没有鬼来抓的捉迷藏。

某天夜里，我坐在客厅的沙发上，摇月轻轻坐到了我身旁。面对这突如其来的事态，我仓皇失措，甚至有种"该来的还是要来"的感觉。

我们一动不动地看了好长时间的电视，但其实心思完全不在上面。屏幕里是一对住在热带草原上的猎豹父子，不时传出旁白的声音："危险！是怒不可遏的非洲水牛！""它们在千钧一发之际逃出生天了。"如果此时有摄像机对准我们的话，很有可能就会配上这样的旁白："大家快看，这是一对在交往前就接吻的尴尬情侣！"

"八云，"摇月面红耳赤，她直勾勾地望着电视，问道，"请问你是从什么时候开始喜欢我的？"

我被摇月吓得不轻。这是一记连清水都可能打不中的"火之玉直球"[1]，她用的竟然还是敬语。这时，电视里猛地传出了一声枪响。

"过去有大量的非洲象由于象牙走私而被偷猎者滥捕……"

"……我说过喜欢你吗？"

"……那你不喜欢的话，为什么还要做那种事情呢？"

"黑斑羚被赶到了水边，它已经被逼上了绝路，无处可逃了……"

我只好老老实实地坦白了心声。我想我已经满脸通红了：

---

1 出自日本职棒阪神老虎队的一位知名投手"藤川球儿"，形容他投出的直球球速极快，让人难以招架。

"我喜欢你。"

"什、什么时候开始的？"

"从第一次见到你的那天开始……就一直喜欢你了……"

"……我，我也是……"我听到摇月咽了一口唾沫，"……从第一次见到你的那天开始，我就一直喜欢你了……"

从摇月口中听到"喜欢"二字，我既感到高兴，又感到羞耻，更是手足无措。电视上的猎豹父子已经猎杀了那只可怜的黑斑羚。

"……那个，摇月小姐，我们怎么办呢？"

"……要不，八云先生，我们牵个手试试看吧？"

"……那个，摇月小姐，你好像……没有手……"

"……好像是哦……"

我犹豫着这时候该不该笑。摇月又说道：

"……那……要不我们……接个吻试试看吧？"

虽然我并不懂为什么摇月要特地用"接吻"这个词，但是我失去了不在意这些事情的从容。我们正面相对，四目相接。摇月脸上泛起了红晕，忸怩不安地咬住了嘴唇，又不停地眨巴着眼睛。随后，她静静地闭上了眼眸。

摇月的脸庞美极了。我再一次深感她的睫毛之修长。

我的心脏一阵狂跳，吵闹不已。我一点点地凑近了她的脸，闭上了眼睛。

那是无比轻柔的感触，宛若一片雪花在唇上无声地绽放。

我们迅速地挪开了脸，速度比靠近的时候要快上一倍。摇月的脸颊如同樱桃一般鲜红。也许是因为太过害羞，她的表情看起来有些泫然欲泣。过了一会儿，我说道：

"……非、非常感谢你。从今往后，也请多多关照。"

我到底在说些什么啊，大概是因为害羞得不得了。

"嗯，好的，那请你以后也多多关照我了。"

"……那……晚安。"

"晚安。"

摇月一溜烟儿地跑掉了。我回想着刚才那段奇妙的对话，虽然疑惑不解，但我依旧能听见自己心脏疯狂跳动的声音。

"已经长大的猎豹长子威风凛凛地凝望着黄昏中的热带草原……"

16

我们无比笨拙地成了恋人，摇月却渐渐显露出了本性。令人出乎意料的是，摇月是个接吻狂魔。

"八云，来亲亲吧。"

这句话几乎成了摇月的口头禅。即便只是轻轻触碰嘴唇，摇月的脸颊都会泛起淡淡的樱花色，然后心满意足地微笑着离开，着实是神出鬼没。

摇月之所以会说"亲亲"，貌似是因为太过害羞而说不出"kiss"。

摇月心中的羞耻度排行，好像是亲亲＜接吻＜Bacio（意大利语）＜baiser（法语）＜kiss，真是让人摸不着头脑的排行榜啊。

因此，每当听到我说"kiss"，摇月便会满脸通红地摇头，当我说"亲亲"，她就会乐意至极地和我接吻。

我生出想要捉弄她的意图，便尝试重点用"Bacio"来发起进攻，结果摇月却越来越不高兴了，最后甚至恼羞成怒。

每当摇月来到我的身旁，用已经没有手掌的手灵巧地将头发别到耳后，基本上都是想要过来和我接吻。因此，一想到她对我接下来的索求，我的心脏便如同野马脱缰般狂跳不止，刺激不已。我完全不习惯接吻这件事，可实在太过喜欢摇月，喜欢到让我很难和她亲密地接吻。有那么一段时期，每当摇月向我靠近的时候，我都像是一只柔弱的食草动物般瑟瑟发抖，真是令人悲哀的食物链啊。

17

在持续着甜蜜生活的同时，摇月的盐化病也在逐渐恶化。

五月末，摇月手臂的前半部分基本变成了盐，纷纷落下。那残缺手臂的空白给我带来了钻心的疼痛。盐化病的发展速度因人而异。一想到时日无多的摇月，我的心便会揪成一团。

"对了，我觉得差不多可以尝试一下银臂了？"

这件事情早已被我抛到了九霄云外。我从衣柜深处取出那个许久未见的箱子，打开盖子，那双银色的手臂依旧精美如昔。

我轻轻地握住摇月柔软的手臂，试着把那条坚硬的手臂装上去。

"好合适！"

摇月举起了自己的手，有些不可思议地望着它。银臂之所以会和摇月的手完全吻合，毫无疑问是因为其本身就是为摇月量身定制的，埃米尔先生大概是通过摇月的演奏视频推算出了她手臂的尺寸。

我通过附赠的手机 App 启动了银臂。

伴随着一声沉闷的声响，银臂突然动了起来，摇月惊呼道：

"哇！它动了它动了！"

银色的手指开始一根一根地动了起来，我对它动作的流畅和安静感到无比惊讶，看起来就像是一只灵巧的蜘蛛。我通过 App 进行了几项基础设置。那是专门针对摇月的细微调整，完成所有步骤之后，银臂成了可以在一定程度上自由活动的手。摇月凝望着它，像是在凝望一颗无与伦比的璀璨宝石，她的眼中满是那一张一合的手指。

"它真的好厉害……好漂亮……你瞧！"

摇月突然揪住了我的鼻子。我笑着说道：

"疼疼疼……"

"哈哈，掐死你……"

我禁不住流了几滴眼泪，摇月的手又能重新动起来了，这实在是太令人高兴了。

"说不定真能弹钢琴呢！"

于是，我们急急忙忙地向着乐器店赶去。为了遮住银臂，中途还特意买了一副黑色的皮革手套。拿着人家公司的商业机密满大街跑，终归是不太好。

摇月站在乐器店中陈列的钢琴前，双手置于琴键之上。

随后，她做了一个深呼吸。

那是她一度失去过的钢琴，无法找回它成了她的伤痛，可在找回后终将再次失去，这让人更加悲从中来。

无论如何，悲伤都总是挥之不去。

可是，摇月缓缓地弹起了钢琴……

店里回荡着优美的琴声。我脊背发凉，身体都在颤抖。

那是没能在肖邦国际钢琴比赛上弹完的那首曲子的后续。

当然，如今的琴声远没有当时那般凄美，节奏和缓了许多。可是，摇月在那个时候所失去的某些东西，如今正通过银臂弹奏而出的琴声得到了切实的弥补。

摇月一边弹琴，一边落泪。曲终之时，她低声啜泣着伏在我的胸膛上。我温柔地抚摸着摇月的后背，直到她止住自己的眼泪。

18

七月初，我们再次踏上了波兰华沙的大地。摇月想去一趟华沙，我们决定在那里与埃米尔父女见面。

瓦津基公园的肖邦像、热拉佐瓦·沃拉的肖邦故居、肖邦博物馆里的普雷耶钢琴……我们参观了许多上次没能去成的地方，甚至还去了一趟位于克拉科夫的维耶利奇卡盐矿。

摇月终于迎来了给米赫演奏的日子。

黎明的破晓之光透过酒店的窗户投射进来，摇月在那纯白的光芒中调节着银臂。盐化病从来都没有停止过恶化，于是摇月往银臂里塞了很多填充物，让它可以时刻紧贴自己的手臂。我感受到了一种枪手在赶赴决斗之前给自己的爱枪进行调试的紧张感。

为了这一天，摇月费了不少功夫。她买了一台电子琴搬进公寓里，每天练琴将近五小时。

"如果我弹得太烂的话，是没法给米赫带来希望的……"

为了不让琴声传到其他房间沦为噪声，摇月戴上了耳机，而我也没法听到她的演奏了。我只好在别的房间里埋头写作。在此过程中，我想，人类的本质果然都是孤独的。宛如在运河上并排而行的两艘小船，即使有那么一瞬间，两艘船看起来像是合二为一了，可最终还是注定会在那宽广的海面上各奔东西、渐行渐远……

华沙的七月带着些许凉意。

当天的最高气温在二十摄氏度上下，相当宜人。夏日的天空是如此湛蓝，仿佛能让琴声轻盈地飞向高空。华沙的街道也宛如是在香甜地小憩，着实是一个安稳祥和的好日子。我们借用了肖邦音乐学院的一个教室。虽说当天没有课，但校园里基本见不到人影，这大抵还是院方的关照吧。

埃米尔先生鼻梁修长，外眼角微微下垂，显得很是温柔，是一位给人留下深刻印象的绅士。他戴着一副细细的银框眼镜，透露出一种他就是银臂制作者的气质。埃米尔先生所穿的那件棕色西装色调略显老气，加之那修长的身形，让我联想到了一首歌《古老的大钟》。

"初次见面，今天非常感谢你们。"

埃米尔先生用蹩脚的日语和我们打着招呼。他应该费了好一番功夫练习吧。寒暄过后，他弯下腰和我们握了握手，脸上充满感激的笑容。

一个娇小的女孩在埃米尔先生修长的双腿后探出了头。她害羞地躲了起来。

女孩如同洋娃娃般可爱，一头金色的卷发，蓝眼睛，圆圆的额头。也许是精心打扮过，她穿着一件带有白色蕾丝边的淡蓝色礼服，甚至还系上了蝴蝶结。不过，她的双手自手肘部分起便是残缺的——这个女孩就是米赫。

摇月操着一口流利的波兰语向米赫搭话。米赫露出了笑容，有些娇羞地摇摆着身体，和摇月三言两语地聊上了。这着实是一幅令人欣慰的景象。

埃米尔先生把摄像机固定在三脚架上，镜头正对着钢琴。从窗外投射进来的阳光斜斜地照亮了琴键。埃米尔先生表示过阵子会把视频发过来。摇月走到三角钢琴前，有些腼腆地向我们鞠了一躬。她身穿一条纯白色的绸缎礼裙，更凸显出银臂的素净之美。

我们为摇月献上了掌声。米赫也高兴地拍打着双臂。

摇月坐在钢琴前，望向了放在钢琴上的面包超人玩偶。其实，摇月对今天的演奏非常不安，她甚至把这个玩偶都带了过来。

旋即，摇月垂下了修长的睫毛，做了一个深呼吸。

一瞬间，我屏住了呼吸。正如在肖邦国际钢琴比赛上的那次演奏，摇月再次与钢琴融为一体，成为那优美乐器的一部分。

扣动心弦的强音慢慢划破了寂静……

银臂开始了演奏。它就像是摇月真正的手臂，无比流畅地编织出乐声。

黑键的伴奏宛如一艘摇摆中的小舟。

肖邦的《船歌》。

儿时的记忆在我的脑海中顿时复苏。那是和摇月相遇的第二天，摇月不知羞地拿自己的演奏和毛里奇奥·波利尼相比，说着"想要弹得更加圆滑幽玄""想要快点失恋"之类无比老成的话。记忆中的摇月是一位美丽的少女，是一位沉醉于钢琴中的少女。

宛如鲜艳的花儿在顷刻间绽放一般，儿时的记忆也随之被唤醒了。

摇月的演奏将我深深地吸引，我的魂魄仿佛都随之而去。

多么澄澈的琴声——我丝毫不觉得那是人类所弹奏出的声音，而是天堂的乐器在独自奏鸣，琴声清澈如镜、通透如凝。

我仿佛看见了载着恋人们的凤尾船在威尼斯的水路上缓缓而行。暗流涌动的漆黑海面、通向天堂的湛蓝云天，都宛若鲜明幻觉，浮现在我眼前。银臂也好，琴声也罢，都如同水面上的潋滟波光，闪耀无双。

这一切都是那么浪漫，不知为何，我的心中泛起了无限怀念，令我泪流满面。在那怀念之上，是淡然的悲伤。悲伤中又携着爱怜。惋惜无多时日、依依不舍的哀愁之音。

小舟未曾停泊，在岁月长河中摇摆，前进。

威尼斯的水城风光在不知不觉中已然变换为了华沙的古老街巷。

那是被摧毁殆尽的华沙古城。

在浓雾的彼端，饱经岁月锤炼的祈祷之声，静静地描绘着彼岸的大街小巷。

温柔的祈祷之雨、葬礼上的花束洒落在这座伤痕累累的城市之上。

祈愿终有一日这座城得以治愈。

祈愿在静谧中这座城得以救赎。

不知不觉中，我早已泪流满面。

摇月用钢琴唱着歌，她的歌声是那么心情畅快，那么惹人怜爱。

一曲献给水中月、镜中花一般的人类之魂的清朗赞歌。

埃米尔先生用双手捂住了嘴，哭得仿佛下一刻便将崩溃。他的眼泪在镜片上化作小小的水珠，一滴接一滴地落下。

米赫眼中闪耀着无限光芒。那是只有孩童才有的、能够直视美丽清朗之物的、宛若蓝天般无比清澈的眼神。

19

曲终之时，我们送上了毫不吝啬的掌声。

摇月拿着那个面包超人的玩偶，来到了米赫身边。

米赫的眼神无比闪耀，她说：

"你的演奏真的好美。"

我不知为何能听懂她的意思，尽管所有对话用的都是我一无所知的他国语言，可我还是听懂了，这句话轻柔地在心中晕染开来。摇月温柔地微笑着。

"谢谢你。你看，我的手也非常漂亮对吧？"

"嗯，超级漂亮！"

"这是米赫的爸爸给我做的哦！"

米赫抬头望向了泪流不止的埃米尔先生，然后又望回摇月。

"真的吗？"

"真的哦。你爸爸一定也会给你做一双手臂的。"

米赫再次抬起了头，埃米尔先生擦了擦眼泪，挺起了胸膛。

"嗯，包在爸爸身上！"

米赫如同花蕾绽放般喜笑颜开。

"那我也能像姐姐那样把钢琴弹得那么好吗？"

摇月如同太阳公公一般笑逐颜开：

"你一定可以的！如果觉得难过了，就看看这个玩偶，想一想姐姐。姐姐一定会给你勇气的。"

随后，摇月把面包超人的玩偶交给了米赫。米赫高兴得不得了，无比怜爱地用自己残缺的手臂紧紧抱住了那个玩偶，像是用力抱着自己的心脏。

"谢谢你！"

面包超人那红色的披风，如同生命般鲜艳。

20

为了搭上傍晚的航班，我和摇月向着华沙肖邦机场赶去。

夕阳透过落地窗将机场染成了一片红色，来来往往的行人看起来都宛如影子一般。

我想，这就像是电影里的最后一幕。很久之前，我在一个空无一人的电影院里看过一部电影，电影的名字和剧情我已经一点都想不起来了。当时空荡荡的电影院也被寂寥的夕阳染成了一片血红。不知为何，我哭了，回家的路上我也不住地流泪。这段记忆已经几乎被我所遗忘……

一想到那犹如小小蓝天般的米赫也和我们在同一片血色残阳下，我的心中便满是不可思议的感觉。

肖邦的《离别》静静地在我耳畔奏响。

弹钢琴的人看着有点眼熟，是我初次造访肖邦机场时见到的那位满脸胡茬儿、体格壮硕的男人，当时他弹的是肖邦的《降 D 大调第 13 号圆舞曲》。

我莫名地在他身上感到了前所未有的亲切。可我们之间不过是陌生人，今天过后便再也不会相见。念及于此，我在微微难过之余，却也生出感动。

从他身旁经过的时候，我稍稍回过了头。

他注意到了我，向我露出微笑，我也报以微笑。

坐上飞机系好安全带，等到心情平复下来，摇月开口问道：

"八云，我的演奏怎么样？"

"无与伦比，我甚至找不到语言来表达了。"

摇月露出了有些狡黠的微笑。

"毕竟我完整地体验过三次失恋呢。你猜这是谁的错呢？"

"欸，是我吗？"

"你扪心自问地好好想想。"

于是，我将手放在胸前，认真想了想，可还是没有任何头绪。就在这时，摇月皱起了那张可爱的脸——

她的莞尔一笑中潜藏着些许悲伤。

"这样一来，所有事情就都结束了。不过仔细想想，总感觉有点像是一部三流电影里面的情节，甚至比米勒导演的电影更加不入流……"

"这么一想，也许真是这样没错。"

"不过，我真的很开心。那种质朴感，还有米赫的直率都让我感到幸福，仿佛得到了拯救……"

飞机起飞了。摇月望着窗外逐渐变小的城镇，喃喃细语：

"永别了，华沙。"

一行清泪从摇月的脸上滑落。

那并不是如同融化的颜料一般悲伤的蓝色眼泪，而是轻柔地缓缓掠过血色残阳的清澈眼泪。

第八章 执子之手

Chapter.8

我终于明白，这世上有着比死亡还要痛苦的事情。

1

我想，在那次的《船歌》演奏之后，摇月心中的某些部分发生了转变。

她比以前更加轻盈了，宛若翱翔于蓝天的一只白鸟。由于脚踝以下都变成了盐，摇月只能通过轮椅行动了。虽然坐轮椅和"更轻盈"听上去有点自相矛盾，但那也只是因为我不懂自由的本质而已。

也许真正的自由并不在于奔向远方瞭望蓝天，而是在自己的心中珍藏着一方最美丽的蔚蓝。米赫成了摇月心中的小小蓝天。

如此一来，我就像是被抛下了。于是，我这样问道："摇月，你有没有什么想要实现的心愿？"

这是为了将摇月继续挽留于人世的小小枷锁。

"嗯……也是呢……我想想啊。"

摇月一想就是三天。在我差不多要忘掉这件事的时候，她突然和我说：

"八云，我想穿一次婚纱。"

"欸？哦哦，你说心愿啊。不过，婚纱要上哪里才能借到呢？"

"……我不是这个意思。"

"嗯？"

"……就你这样也想当小说家？我给你三十分钟，你好好想想！"

摇月气得不行，摇着吱吱作响的轮椅去了隔壁房间。

我像个傻瓜一样半张着嘴，想了整整十分钟。

随后，我慌慌张张地冲出了家门，向着花店跑去。

去买向摇月求婚的花束。

2

摇月非常执拗，无论如何都想和我父亲打声招呼，我只好硬着头皮联系了他。

苦恼了将近三小时，我终于发出了一条信息：

"好久没联系，我要结婚了。"

又过了差不多三小时，父亲回复了我：

"恭喜了，我很惊讶。"

这过分稀薄的信息量反而让我很头疼。我们不痛不痒地持续着对话。

"她说想跟你打声招呼。"

"行啊。什么时候？"

"尽可能趁早吧。她行动有点不便，所以希望你能来我们这边。"

"那我明天下午三点过去。"

父亲的行动意外迅速。也许小说家的脑袋就是在这种时候格外灵光吧。

对于这次姗姗来迟的三方面谈，我焦虑得一晚上没睡着。

第二天，到了约好的下午三点，父亲那台破破烂烂的奔驰车停在了公寓楼下。

门铃响了。我打开门，"影子"出现在面前——那是时隔五年半未见的父亲。

父亲看起来比我记忆中瘦小了许多，因为在这些年里我长高了。他一如既往地穿着一身黑，身材如影子般纤细。尽管上了年纪，却也没到年老体衰的地步，再加上那副眼罩，甚至有种伊达政宗[1]般饱经风霜的感觉，这让我有些不爽。

"非常感谢您远道而来。我是五十岚摇月。"

摇月露出了灿烂的笑容，向父亲伸出手。父亲来回打量着摇月和银臂，同样微笑着与摇月握手。我完全读不懂他的眼神中潜藏着何种感情。

我们坐到客厅的桌前，进入三方面谈的状态。我的后背因为紧张而冷汗直流，就在我不知所措的时候，父亲开口了。

"我真没想到，八云的结婚对象竟然是大名鼎鼎的钢琴家五十岚摇月小姐。虽然我知道你们以前上的是同一所学校，但还是吓到站都站不稳了……摇月小姐

1　伊达政宗是日本安土桃山时代的大名，幼时患上天花，右眼失明，人称"独眼龙政宗"。

在肖邦国际钢琴比赛上的演奏非常出色，我深受感动。"

他惊讶的竟然是这个吗？

"谢谢您，公公。"

摇月微微笑道。不过，她竟然喊"公公"？

父亲好像有点害羞，他挠了挠自己的脸。

"你可以喊得随便一点的，不用这么生硬。"

"好的，那就喊爸爸吧……"

父亲点了点头，然而，他看起来果然还是有些不好意思。在这之后，摇月和父亲谈笑风生，聊了很长时间。从各种音乐到作曲家、钢琴家，甚至是不同国家的民族音乐，两人都能高谈雄辩。我自认为自己已经算是见多识广了，可我完全跟不上两人的对话。

"就算同样是因纽特人，也分为能跟大家一起放声高歌的，以及坐在角落里噤若寒蝉的。"

"嗯，好像是这样。一群人吃鲸鱼，另一群人吃驯鹿……"

他们竟然能把这种东西聊得像生活常识一样，太可怕了。父亲不时会说些有趣的玩笑，把摇月逗得哈哈大笑。也许是发信息时那种简短冰冷的印象太过强烈，我有些困惑，父亲原来是这么健谈的人吗？我细细回想自己的童年时代，才发现父亲确实总在喋喋不休地说些什么。

摇月和父亲在短时间里交换了大量信息，貌似完全熟络起来。下午六点，在临别之际，父亲向我们说道：

"如果你们要举行婚礼的话，我可以提供金钱上的支持，全额也无妨。"

"你这么有钱吗？"我不由得插嘴问道。

"我的钱多得花不完。毕竟我挺能赚的，又没地方花。"

"多得花不完……"

这件事带给我的冲击是巨大的，不过仔细想想倒也非常合理。

摇月向父亲道谢说"谢谢您"。

"摇月小姐，我必须感谢你。你能跟八云结婚，我真的很高兴。"

听到父亲这句话的瞬间，摇月伏下脸，用左手捂住了嘴——她的眼中闪烁着泪光。至此一瞬，我才终于察觉到，原来摇月对这桩婚事深感内疚。

时日无多的人竟然还想着结婚——摇月大概觉得，就算自己被父亲说成是异想天开也不为过吧。然而，父亲却对摇月说了如此温柔的话语，让她再难忍住眼泪。

我想，在这一刻，我终于原谅了父亲。他在人格上有着残缺的部分，给母亲带来不幸，让我饱尝孤独……可是，不知为何，我还是原谅了他。

父亲回去之后，摇月说道：

"虽然你总是说你父亲有多不好，可我觉得他是一位很出色的父亲。"

我只是沉默地点了点头。

"瑕瑜互见吧。"

摇月静静地点了点头。过了一会儿，我说道：

"那么，接下来，我觉得要去跟摇月的父母打声招呼了，可以吗？"

换作是以前，摇月大概会立刻拒绝我，可如今的她只是表情僵硬，有些犹豫。

果然，在那次的《船歌》演奏之后，摇月心中的某些部分发生了转变。

3

"要不还是算了吧？"

每当摇月这样说的时候，我都会停下脚步，认真地问道：

"你真的想算了吗？"

然后，轮椅上的摇月会安静得如同女儿节的人偶，于是我便继续迈步向前。我们的公寓距离摇月家其实只有不到二十分钟的路程，可我们还是在附近徘徊了将近两小时。那是八月初的一个上午，阳光明媚，带着夏天特有的温度。我预感今天会很热。新城镇的大街小巷开满了绚烂的夏花，洁白的积雨云在天上层层叠叠。

"……八云，我们绕个路吧。从那条路过去……"

我顺从地变更了路线。我能想象得到，对摇月而言，回趟家究竟多么艰难。

"对了，不知道 Melody 还在不在呢？"

我这样问道。Melody 就是那条喜欢摇月喜欢得不得了、一见到她就会尿尿的金毛。

"这么说来，上初中之前我还经常来看它呢，不知道它怎么样了。"

我们向着 Melody 的主人家走去。

"啊，它还在呢！"我大老远地就望见了它。然而，摇月却摇了摇头。

"那不是 Melody，虽然很像它，但确实不是它。"

果然，正如摇月所言，这条金毛有点太过年幼了。狗屋上面挂着一块牌子，上面写着名字——"Rhythm"[1]。

"Melody……死掉了吗？"

摇月抬头望着那块牌子，露出极度悲伤的表情。

"……也许吧。不过，说不定 Rhythm 就是 Melody 的孩子呢？"

摇月顿时睁大了眼睛。

"对啊！ Rhythm，过来！"

于是，Rhythm 高兴地摇着尾巴扑向了摇月，我甚至担心它的尾巴会不会摇断。摇月在惊讶之余，笑着抚摸 Rhythm。

1　英语，意为节奏。

"嗯，它确实和 Melody 很像。"

就在这个时候，Rhythm 突然富有节奏感地开始尿起了尿。伴随着摇月的一声惊呼，她的裙子被 Rhythm 尿湿了。摇月呆呆地望着我。

"噗"，我没忍住笑喷了。

"噗"，摇月也笑喷了。

我们捧腹大笑，我一边笑，一边说：

"毫无疑问，它绝对是 Melody 的孩子！"

"哈哈哈，是啊！哈哈，姐姐抱，哈哈哈！"

摇月紧紧地抱住了 Rhythm，眼中泪光闪闪。

4

望着突然造访的我们，兰子女士和宗助先生都愣住了。摇月坐上了轮椅，双手变成了帅气的银臂，还带着一身狗尿味，他们会如此惊讶也可以理解。

与其说是感激，倒不如说是他们因为悲伤不已而呆立在原地。

摇月洗澡的时候，我在客厅里和他们喝茶。

童话故事里的人才不会变老。虽然小时候看到的那些童话风的家具和饰品未曾有变，可现实中的兰子女士和宗助先生却明显地衰老了。他们脸上的皱纹逐渐增多，早已没了往日的神采，气质逐渐收敛，变得圆滑起来。去年在医院见到他们的时候，也许是因为事态紧急，我没有注意到两位已近垂暮之年。

　　我想，大概是因为摇月的生命终点逐渐逼近，才让他们急速老去了吧……他们见不到自己时日无多的女儿，在无尽忧愁的夜里饱受折磨。

　　两位老人眉梢低垂，脸上表现出有些困惑、有些悲痛的表情。

　　"摇月说，她不想见到你们……"

　　我磕磕绊绊地讲述了迄今为止的经历。他们的神色变得哀愁起来，满脸忧伤。

　　"八云，来帮我一下！"

　　听到摇月呼唤我的声音，我走进浴室，帮摇月穿好衣服。

　　"哇，腰部这里松垮垮的，妈妈胖了……"

　　摇月穿着兰子女士的衣服，这样说道。

我把摇月安置在轮椅上，把她推到客厅，隔着桌子停在她父母面前，我也坐到椅子上。四方面谈终于开始了。

"我要和他结婚了。就这样……那么，再见。"

摇月以一眨眼的工夫就结束了四方面谈，打算掉转轮椅逃跑，我慌慌张张地阻止了她。

"等会儿，等会儿，摇月，还有很多必须说的话吧？"

摇月被我推了回来，一副心灰意冷的模样。她低着头，沉默良久。

"我……"摇月依旧耷拉着脑袋，"我还没有原谅你们呢。"

她的声音无比冰冷。兰子女士和宗助先生低着头，如同被告席上的罪人。

那之后是来自摇月的审判。摇月随心所欲地细数着父母的罪状：

"妈妈，你止步于一名二流钢琴家，就想着让我成为一流钢琴家，强迫我去练琴，甚至对我使用暴力，你真的太过分了。能不能别把自己的一厢情愿和自卑感强加在我身上啊？能不能别把我当成你一己私欲的牺牲品啊？因为你，我甚至讨厌过自己最喜欢的钢琴。我讨厌你讨厌得不得了，我觉得你丑陋极了。我一想到自己有一半来自你就会脊背发凉，我都想舍弃掉流淌在自己身体里的一半血液了……

"爸爸，你连一名二流钢琴家都没能当成，在妈妈面前总是抬不起头来，你没有阻止她对我使用暴力，我真的对你很失望。你总是装作视而不见，飞快地爬上楼梯逃跑的声音让我难过得不得了。你像是交罚款那样不断给我零花钱来试图弥补这一切，让我十分厌恶。你不过是自我满足而已，根本就拯救不了我，反而让我有种悲伤被明码标价的感觉，真是太讨厌了。我一想到自己有一半来自你就会无地自容，甚至想把剩下的那一半血液舍弃掉……"

摇月说到一半，已经声泪俱下。

宗助先生放声大哭；兰子女士紧咬着嘴唇，脸色铁青。

我再一次对摇月所饱受的痛苦而震惊。

厌恶流淌在自己体内的血液，这份痛楚，和我在孩提时代尝到的苦涩是截然不同的。因为我甚至不觉得自己的身体里流淌着血液，我的一半是"盐"，另一半则是"影子"。

与其说这是因为存在而痛苦，倒不如说是因为存在而悲哀。

摇月声泪俱下。

"你们明明是我的父母，明明是我的爸爸、我的妈妈，为什么要让我这么讨厌你们啊——！"

摇月的眼泪从银臂的指缝间一滴一滴地落在桌子上。

这一刻，一直拼命忍耐着、面无表情的兰子女士终于崩溃了。

她涕泗横流。

"对不起，妈妈真的对不起你……"

最后，三人的眼泪在桌子的正中央形成了一汪泪潭。

5

婚礼的所有准备工作都在紧锣密鼓地进行。

婚庆公司的人十分同情摇月的病情，表示最快会在三周内完成准备工作，为我们倾尽了全力。我们把喜帖发给了初中和小学的同学们。

　　八月二十五日，我和摇月举行了婚礼。

　　在肖邦《降E大调夜曲》的乐声中，摇月入场了。

　　推着她出来的人是宗助先生。身穿婚纱的摇月实在美得无法用言语形容。她化着精致的妆容，戴着头纱和面纱，耳垂上是一对小巧玲珑的耳环，脖颈上的珍珠项链璀璨夺目。银臂也擦拭得闪闪发亮，无比骄傲地闪耀着光芒。就连轮椅都装饰上了白色的蝴蝶结，让人深感摇月细腻的爱。

　　我们齐唱圣歌，朗读圣书，祈祷，宣誓，然后，交换戒指——我的戒指小小的，摇月的戒指大大的。我牵起摇月银色的手，给她戴上了金色的戒指。银臂早已不是单纯的机械，它成了摇月不可或缺的一部分。

　　我掀起了摇月的面纱，与她甜蜜亲吻。

　　婚宴上，我陆续看到了昔日伙伴们的面孔。

　　"小云，摇月，新婚快乐！"

　　看到清水那令人无比怀念的脸庞，我有点想哭出来。

"谢谢你，清水！"

清水穿着西装，令我感觉有些陌生，可脸庞还是那般亲切。他的身材壮硕了不少，脸庞也就相对变瘦削了。清水看上去相当愉快，像是个弹跳海盗桶玩具。突然间，娇小的小林历在清水壮硕的身躯后探出了头。

"摇月，新婚快乐！"

摇月向她道谢，伸出了自己的双手。小林一边和摇月握手，一边惊讶地睁大了眼睛。

"哇！这个是义肢吗？好厉害，而且超级漂亮，是高科技呢！"

摇月得意扬扬地动着手指。

"哈哈，厉害吧，还能发射光线哦！"

"哇！还能发射光线吗？"

实际上，义肢并不能发射光线。

紧接着，相田也不知道从哪儿冒了出来。他好像舍弃了轻浮的作风，留着一头清爽短发。可他一看到摇月，就变回了当年那个乳臭未干、痛哭流涕的小鬼。他用力握着我的手，声泪俱下地祝福着我们。

"新婚快乐！"

我不由得感叹他真是够喜欢摇月的，甚至生出一点同情。但是仔细想想，这家伙也交到了女朋友，过上了平凡且幸福的人生。我白同情了。

"摇月，新婚快乐！"

一大群女生围住了摇月，见此情景，我有些惊讶。那些家伙就是当年欺凌摇月的人，可是看着她们兴奋不已的模样，我才发觉自己貌似是在杞人忧天。摇月也好，她们也罢，都在高兴地聊着天。

在不经意间，摇月早已和当年那些欺负自己的人成了好朋友。

我再次深感摇月的过人之处。

巨大的结婚蛋糕被推进了会场。

和摇月一起切蛋糕的时候，我突然想到了一件事。

我们如今正在被严重地"故事化"。

摇月明明那么抗拒"故事化"和"被消费"，可是在即将离去之际，她还是以无比精彩的姿态对自己的人生进行了"故事化"，就连收回伏笔也完成得十分完美。

摇月是否注意到了这一点呢？

不过，摇月一定注意到了。她是在心知肚明的情况下这样去做的。

而这，又是为何呢？

尽管思绪万千，可无比热闹的婚宴实在是太过开心，最后我还是把这个疑问抛到了脑后。

我突然间和父亲对上了眼神。他果然悄无声息地出现在婚礼会场的角落。也许，父亲总是如同影子一般静静地陪伴在我身旁。

念及于此，在我心中翻腾的那种感情，大概也可以称之为"爱"吧。

6

当天夜晚，我们并肩坐在家里的沙发上，一起喝着热可可。

婚宴上喝的酒仍未散去，我觉得自己有点飘飘然了。

"我们要不要去度蜜月呢？"摇月依偎在我身旁，

"不过，上次去华沙很像是度蜜月了。"

"确实。我也有这种感觉，顺序好像搞反了。"

"管它什么顺序呢！"

摇月这么说着，突然狡黠地笑了。

"我们真的结婚了。八云，你想不想我叫你老公呀？"

"啊？我还完全没有想过呢……"

"真的吗？老——公——"

"……好像还不错，就是有点羞耻。"

"我也蛮害羞的。"我们相视而笑。

"差不多该睡了。"

我们一起在洗手间里刷了牙。我帮摇月做睡前准备，用轮椅把她推到寝室里，然后用公主抱的姿势把她放在床上，给她盖好被子。

"好了，摇月，晚安。"

"你等会儿……"

我正打算转身离去，摇月却抓住了我的衣摆。她不满地皱起眉头。

"呃，你真是的……不会这么迟钝吧？"

"啊，什么意思？"

"还问什么意思呢……我们可是已经结婚了哦！"

摇月满脸通红。我稍作思索，终于反应过来，脸颊也是阵阵发热。

于是，当晚我和摇月同床共枕。

摇月那白皙的身体美极了，美得仿佛会被盐晶体摧毁殆尽，我很害怕。

深夜，我做了一个悲伤的梦，惊醒后我发现摇月在哭。

我望向摇月白皙的后背，她正止不住地啜泣。

"……摇月？你怎么哭了？"

摇月的肩膀颤抖了一下。可她还是没有止住眼泪。

"……我想起了……很久以前的事情……"

我安慰般地用右手抚摸摇月的腰身。她用冰冷的银臂搂住我的左手，当作枕头般抱在了怀里。

"八云，那个时候，你为什么不来呢？"

"那个时候？"

"小学三年级，我跟你说要一起'离家出走'的那个时候……"

我的记忆在瞬间复苏了。那一天，我甚至收拾好了东西，可到最后还是没去赴约。我的心疯狂地跳动着。摇月的心悲哀地跳动着。

那个时候，为什么我没去呢？我找不到确切的理由，只是被若有若无的不安击溃了……

"八云，你为什么不来啊？我抱着面包超人和一百五十万日元等了你好久好久……到了晚上，四周一片漆黑，开始下起了雪……我好冷、好害怕、好孤单……可我还是一直孤零零地等着你，我一直都在等着你啊……"

摇月的身体颤抖不止。我一想到那时候的摇月也在无助地颤抖，罪恶感便仿佛要将我的心击溃。

"对不起。"除了这句话，我什么都说不出口。

"我真的好希望你当时能来找我……我的心好像已经死了……时至今日，我还是能梦见那一天……而每当做了那样的梦，我都寂寞得不得了，害怕得不得了，惊醒，哭泣……你能体会我这种心情吗，八云？"

我紧紧地拥抱着啜泣不止的摇月。

如果可以的话，我好想穿越时空回到那个时候，去拯救孤独无助的摇月。

7

　　某天夜里，我做了一个怪异荒诞的梦。

　　我在窗帘紧闭、一片漆黑的房间里看着电视。电视里的画面好像来自手持式的摄像机，拍摄者手抖得很厉害。屏幕里的人是清水，他穿着我们婚宴上的那套西装，"啊哈哈哈"地大笑着。紧接着出现的人是相田，他同样也穿着婚宴上的那套西装，把大拇指塞进耳朵里，不停地扇着手掌，"哔哔哔"地吹那个破玩具。随后，摇月的经纪人北条崇也出现了，他疯狂地笑着，不停地按着相机的快门，闪光灯闪个不停。

　　那之后的情节我就不记得了。

　　醒来之后我的心情爽朗得不得了，甚至还流下了眼泪。

　　我完全无法想象，在那个梦之后，会出现些什么。

　　这个梦就是如此怪异。

——三天之后，摇月的手急速地化成了盐，她无法再用银臂。

那是寒风侵骨的九月中旬。

摇月住进了临终关怀医院。

8

由于我不停地带花过来，摇月的病房里堆满了花朵。

"又买花过来了？八云，你可真是的……"

摇月有些为难地笑着，宽恕了我的古怪行为。

盐化病恶化得很快，摇月小臂的一半、大腿的三分之一都已经化成了盐，每天都在崩塌、落下。面对摇月残缺的手脚所带来的空白，那种特殊的幻肢痛卷土重来。那实在是过分沉重的痛苦，一如儿时为了母亲去摘花，如今我为了摇月而不断地买花。摇月也很理解这一点。

摇月说晚上一个人待着的话会很害怕，所以每晚我都陪伴在她身旁，直到她入睡为止。我很想握住摇月的手，可是摇月已经没有手了。所以我只能像哄小孩子睡觉一样，摸摸她的头，富有节奏地温柔拍打她的肚子。

摇月睡着之后，病房看起来宛若深邃的海底。我拉开窗帘，让柔和的月光照进病房里，花瓶里多到离谱的花儿都像是静谧的火焰一般，闪闪发亮。

祈祷这些花儿可以守护睡梦中的摇月，给予她温暖。

我走向另一个房间过夜。

9

到了十月，摇月开始饱受痛苦的折磨。

在幻肢痛的同时，她的内脏也开始了盐化，产生剧烈的疼痛。

那个时候，根据摇月自己的意愿，我和她的会面时间被大幅减少了。而我不在的时候，是兰子女士陪在摇月身边照顾她。

有一次，我比探视时间稍早一点来到了病房。

我听到了摇月的叫声。那是无比凄厉的惨叫。

"好痛！好痛啊！我好痛！妈，救我，我好痛！"

我在门前停下了脚步。我从来没有听过这番悲哀的惨叫。我折返回去，过了一阵子才在规定的时间前往病房。

摇月端坐在秋日柔和的阳光下，脸上甚至化了淡妆，仿佛在告诉我刚才那番的号哭不过是我做的一个噩梦。

兰子女士越发憔悴了。

她的眼袋上是厚重的黑眼圈，皮肤粗糙，脸上的法令纹也深了很多，白头发越发明显。

我和兰子女士坐在医院的休息室里一起喝咖啡的时候，她开口说道：

"摇月不想让你看见她那么不堪的模样。所以，那些不堪的部分都是我一个人承担的……这一定，就是摇月对我的报复吧……"

我抚摸着无名指上的婚戒，心想大抵如此。

摇月让兰子女士目睹自己走向死亡的痛苦模样，完成了向她的复仇。不过，这是出于原谅的复仇。正如在法庭上判处刑罚、宽恕罪人一般，摇月也想原谅兰子女士。摇月不断向她宣泄痛苦和怨恨，从那丑陋不堪、烂作一团的黑暗深处，取出那最为纯粹的宽恕和原谅。

所以——

"这是摇月的爱。她还没有冷酷无情到对家人漠不关心，她一直渴望得到您的爱……"

"嗯。我是个不称职的母亲，应该要怎么样面对比我更聪明出色的女儿呢……"

"很简单——"我的回答没有一丝犹豫，"请你摸摸摇月痛的地方。"

兰子女士红着眼点了点头，她扔掉装咖啡的纸杯，回到了摇月的病房。

儿时的那扇双层窗浮现在我心中——兰子女士望着正在弹钢琴的小摇月，温柔地爱抚着她的脑袋。

10

十月十七日，又一次迎来了肖邦的忌日。

摇月的视力和听力越来越糟糕了，她在朝阳下迷迷糊糊的样子看起来有半分像是神明。迄今为止，那般充盈和沉稳的摇月像是开了一道裂痕，从缝隙中悄然流逝了，取而代之填满缝隙的是神明和花仙子，摇月逐渐化作了虚幻。

摇月用蒙蒙眬眬的眼睛望着我，说道：

"八云，我啊，最近一直在想，自己想要死在什么样的地方……"

我感觉呼吸快要停止了。

"死亡是一件无比悲伤的事情，所以……我想死在自己最喜欢的地方。"

"……嗯。"

"我想了很久很久，原来，我最喜欢的地方是秘密基地。在那台破破烂烂的公交车里和你共同度过的时间，是我此生最大的幸福。"

童年时代那太过不幸和太过幸福的一幕幕浮现在我脑海中，我的眼泪夺眶而出。

"八云，带我回去吧。今天是我最后的日子了……"

11

　　我背起摇月，离开了临终关怀医院。

　　那是一个无比安稳的晴朗秋日，我缓慢地走在染成一片金黄的银杏林荫道。轻柔的风里携着枯叶的淡淡清香。摇月的身子轻盈得不像话。毕竟她的手脚大部分已经化成了盐，这也是无可奈何之事。她挂在项链上的那枚婚戒落在了我的脊柱上。摇月的身躯还是那么柔软和温暖，我难以相信她的生命即将走向终结。风悄然停息之后，我闻到了小苍兰甘甜的芳香。摇月直至最后一刻，都在我眼前保持着美丽的容颜。

　　摇月轻柔的鼻息如同睡梦中的呼吸般掠过我的脖颈。今天是一个暖洋洋的秋日，我想，也许摇月会在我的背上香甜地睡去。

　　我步履不停，沙沙的声响亦未曾止息。那是摇月体内的盐在相互摩擦的声音。

　　听起来有点像是踩在雪上的声音——我想起了那梦幻般的寒冷冬日，不由得打了个寒战。

　　"摇月，我们绕一下远路吧！"

仿佛一旦抵达那辆废弃的公交车，摇月便会离我而去，我一圈又一圈地绕着远路。

摇月什么都没有说，她只是用那水晶般清澈的眸子无比怜爱地凝望着这世间，望着每绕一次远路都会出现的景象：我们的爱巢、她的老家、小金毛狗Rhythm、我们的小学、经常一起去玩的公园，以及深爱着的故乡风景。

谢谢，再见——也许，摇月一直在心中不断地重复着这两句话。

12

那台废弃的公交车历经十一年的岁月，还在原来的那个地方。

它那张令人无比怀念的可爱脸庞掩埋在杂草丛中。

这台公交车本来就已经上年纪了。即便历经十一年的岁月变迁，它的容貌也没有发生什么戏剧性的变化。时间在那些古老之物身上会放慢前进的脚步，如同马丘比丘山脉、蒙娜丽莎和帕特农神庙一般。

我们走进公交车的内部，感觉自己好像也闯进了那被放慢的时间里。

温暖的阳光从窗外投射进来，映出空中飞舞着的微小尘埃。橙色的外皮包裹在长椅上，抱枕还在原来的位置，漫画书也装在纸袋里，安然无恙地留存在秘密基地。

那些遥远过往的回忆，在我的脑海中鲜明地复苏了。我甚至觉得，小学三年级的我和摇月躺在那张长椅上开心玩耍的情景此刻就在眼前。

长大成人的我们坐在了比记忆中更为小巧的长椅上。

摇月没有力气，甚至没法直直地坐在椅子上。她依偎在我身旁，发出安静的呼吸声。我轻轻地搂住了摇月纤细的腰身。

"……好怀念啊。"

"嗯，很怀念呢。"

我们有一搭没一搭地聊起那些童年回忆。从相遇的那天起，一点一滴地追溯着过往时光。当回忆翻到"如今"这一页，我们再次回到了"从前"。我和摇月在时间的长河中逆流而上，流连忘返。在不知不觉中，漫长岁月流逝，我们好像变成了老爷爷、老奶奶，成了满脸皱纹的慈祥老人。我们沉醉于谈天说地，就算是驼背了，连腰弯下去的角度都是如此亲密的一致。

当然，这一切不过是我的错觉，时间依旧在一分一秒地无情流逝。

"八云，我的眼睛好像快要看不见了。让我最后看你一眼，我想看看你的脸。"

我和摇月正面相对。窗外的阳光染上了黄昏的颜色。

摇月那摇摆不定的困惑眼眸中反射着血红色的光芒。

"看见了吗？"

"看见了哦……八云，我好喜欢你的脸……"

摇月抬起了自己的右手。我知道，摇月是在用她那早已不复存在的手温柔地触摸着我。

"啊……"

摇月的声音有些难过。她已经看不见了，眼神里写满了迷茫，不停地眨巴着眼睛。

"八云，我的夜晚，先你一步到来了……"

摇月闭上了眼睛，用眼皮轻轻地蹭着我的鼻子。

"太好了……我好好地记住你的脸了……"

夜幕悄然降临了。四周一片漆黑，只剩微弱的月光从窗外投射进来。摇月纯白的身体在月光中朦朦胧胧地闪烁着。

"真是不可思议呢……"摇月的声音里透着些许叹息，"明明发生过那么多事情……现在好像全都……一点点地变得怀念起来了……就像是……回到了……小宝宝的时候……原来……落叶……真的会归根呢。"

摇月每呼出一口气，她的生命仿佛在从口中悄然流逝。

摇月快不行了——夜空在顷刻间崩塌，一切好像都压到了我身上。

我终于想起来，没有摇月，我根本就活不下去。

"八云……我不在了之后……你没事吧？"摇月的担忧貌似是由衷的，"你一个人能活下去吗？你不会饿肚子吧……不会流眼泪吧……"

我早已哭成了泪人。但我拼命地忍住不让摇月听到我的呜咽声，不让她发现我的身体在颤抖。我想让摇月安心地上路——出于这样的想法，我将眼泪强忍回去。幸好，摇月已经看不见我的眼泪了。

"我没事的，摇月，你别担心。"

摇月露出了微笑。

"……太好了……"

我抚摸着摇月的身躯。

"摇月，你疼不疼？"

"不疼哦……我不疼的……八云？"

"怎么了，摇月？"

"……八云？你在哪儿？八云？……"

我的心一阵抽痛。摇月的耳朵已经听不见了。

她哭了。

"不要啊……唯独听觉……唯独听觉……不要啊！我再也……听不见音乐了！……"

摇月害怕蒲公英绒毛时的模样在我的脑海中掠过。

我终于明白，这世上有着比死亡还要痛苦的事情。

我泪流满面，紧紧地抱住了摇月。她的身子不停地发着抖。这份颤抖也传递给了我，就连我也快要冻僵了。

"八云……我好害怕……八云……我不想死……我不想死啊!……"

我拼命地摩挲着摇月颤抖不止的肩膀。盐块纷纷落下。

摇月的哭泣未曾止息。

"八云……你为什么……你为什么不来啊!我一直……一直……一直都在等着你……可是为什么……为什么你不来啊……"

摇月说的是那一次的"离家出走"。那个寒冷的夜晚至今盘踞在摇月的内心深处。那个夜晚的孤独,一直都让摇月恐惧不已。

"对不起……摇月,对不起!"

我看见了那个在车厢里独自哭泣的小摇月。

我看见了那个孤单寂寞的白色背影。

我好想穿越时空回去拯救她。

我好想竭尽全力,闯进那个可怕的夜里,去拯救无助的摇月。

我哭泣着、祈祷着——神明大人,倘若您真的存在,请您救救我。请您赐予我怜悯。请您从那最为黑暗和恐怖的夜晚中，将摇月拯救。

这时，我的心中浮现出了一个想法。

摇月，你听，你听啊——

我用左手的手指，以一定的节奏感敲击着摇月的肩膀。

我不停地敲击着……

"啊……"摇月止住了哭声，她呢喃道，"《船歌》！"

我用左手弹出伴奏，告诉摇月，这是一艘在威尼斯的水路上摇摆的小舟。

我动用自己的全部记忆，一直弹了下去。

《夜曲》《练习曲》《波兰舞曲》《玛祖卡舞曲》《奏鸣曲》《叙事曲》《谐谑曲》……

我惊讶于自己居然记得这么多曲子。原来，我一直都在关注着摇月的演奏。从开始到最后，将我从最为痛苦的深渊中拯救出来的，一直都是摇月的演奏。宛若划破黑暗的光芒在转瞬间烙印在眼眸一般，摇月的演奏早已鲜明地烙印于我心中。

"八云……我听到了……我听到了……我听到了我

的演奏！不只这些……迄今为止我听过的……所有音乐……我都听到了……许许多多的人倾注着爱情……谱写出来的……奏响出来的……音乐……我全都听到了……我的世界……不再黑暗了……现在是……一片光明！"

"摇月……"

"音乐……来救我了……我所深爱着的……音乐……在最后……真的来救我了呢……"

"摇月，"我再也无法强装坚强，"不要抛下我一个人……"

"八云……再见了……我爱你……"

"摇月！"

"不要……感冒了……"

摇月留下最后一句话，便没有了气息。

摇月的心跳消失在了黑暗里，我独自落泪。

摇月的身体变成了盐，崩塌，落下。

我恐惧不已，闭上了眼睛，捂住了耳朵，像个孩子一样不住地哭泣。

第九章 仅此一次的奇迹

Chapter. 9

我想成为你的眼泪。我愿化作你眼中咸涩的泪水，将你心中的深切哀愁尽数洗刷，将你带向明天。

1

　　曾经装着母亲的那个花瓶，如今摇月也装在了里面。

　　摇月的父母在花瓶前潸然泪下。兰子女士看上去憔悴极了，她用手帕捂住嘴，大颗的泪珠从脸上落下。

　　"呜呜呜呜……对不起，摇月……妈妈对不起你啊……"

　　兰子女士一遍又一遍地道歉。看着两位老人悲痛的模样，我的心中没有一丝波澜。因为我的眼泪早已哭干了。

　　"摇月给你们留下了一句话。她说她原谅你们了，她爱你们。"

我传达完这句话之后，兰子女士瘫坐在地板上，哭成了泪人。

来帮忙料理摇月后事的人，好像是父亲。

我和摇月的父母都因为过度悲伤而失去了行动能力。

同学和朋友们好像也全都过来了，但我丧失了当时的所有记忆。我空空如也，勉强残留下来的某种系统驱动着我的身体半自动地运作着。

等到回过神来的时候，我已经抱着装有摇月的花瓶来到了那辆废弃的公交车里。

时值深夜，冬日的月光携着丝丝寒意，照亮了车厢内部。

我的记忆已经模糊了。我抚摸着自己的下巴，胡子摸上去乱糟糟的。

我呆呆地坐了好一会儿，心里好像被一层淡淡的灰色乌云所笼罩。我什么都无法思考，什么都无法感受，就像是一座被火山灰逐渐吞噬的古城，悲伤而又安详。

可是只要一想到摇月已经离我而去，便顿时有如黑云压城、电闪雷鸣、大海低吟，火山灰遮天蔽日，吞噬了整座城市。失去摇月的空白化作剧烈的疼痛向我袭来，这份痛苦将我折磨得痛不欲生，我的心好似已经不再跳动了。

从生之苦痛中逃之夭夭，在死之安详中乞求救赎。

我像是做工粗劣的人偶一般呆坐着，时不时又像是漏水的水管一般落泪。我倏忽望向身旁，那里早已没有了摇月的模样。

一些我没能捡起来的盐粒在月夜里闪耀光辉。

我以每小时一粒的速度捡拾那些白色的结晶。

那化作了我赖以生存的全部节奏。

天亮之后，我回到家里，随便吃了点东西便沉沉睡去，夜幕降临后我一下子醒了过来。黑暗实在是太过可怕，使我坐立难安。我把装着摇月的花瓶紧紧地抱在怀中，逃到了那辆废弃的公交车里之后，才终于松了一口气。

我已然身处终末世界。那里是母亲去世那天落下了一颗巨大炸弹的安达太良山彼岸。那里是地震时寒冷刺骨、暗无天日、下着冰冷的雪的世界。

我在这里要做些什么呢？

做什么都徒留空虚与悲伤，今后我要怎样活下去呢？

我迷失了所有。只是以一小时一粒的速度捡拾盐粒。

当盐晶体落入瓶中时，我听到了些许微弱的声响。那仿佛是从天边传来的小小铃声。为了发出这小小的声音，我仿佛已经变成了一个沙漏、一件破烂的乐器。

我经常在公交车里睡觉。每当我睡去，我都必然会在梦中与摇月相见。那是无比幸福的美梦。我们在暖阳普照的车厢里喝茶、一起看漫画，共同度过迷迷糊糊的安稳时日。当我说想要"kiss"的时候，摇月会红着脸把头摇成一个拨浪鼓；当我用法语说要接吻的时候，摇月则会面露难色；当我说想要"亲亲"的时候，摇月便高兴地来和我接吻。我的梦便是如此幸福，幸福到让人面红耳赤。

然而，当我醒来想起摇月已经不在人世时，我便陷入深深的绝望。被独留于世上的悲伤与孤寂让我泪流满面。

即便如此，为了能做那样幸福的美梦，我在公交车里一遍又一遍地入睡。

无论醒来之后有多么痛苦，我都想在梦中与摇月一次又一次地相见。

2

粗鲁的声响把我吵醒了。

我的大脑尚未清醒，如同一团糨糊，我在恍恍惚惚中和一个人对上了视线。

男人穿着蓝色的工衣，脖子上缠着一条毛巾，留着像是小偷一样的胡子。

他惊呼了一声，转身朝同伴高喊着："这里有个流浪汉！"

我搞不清楚发生了什么，依旧一脸茫然。男人穿着工靴走了进来。"奇怪，这么年轻啊……你怎么能在这种地方随随便便睡觉呢？快出去快出去！"

我很快就被赶出了公交车。外边站着好几名工人，工场锈迹斑斑的大门敞开着，铺满碎石的广场上还停着一台大型运输车和吊车。运输车的门上涂着公司的名字"OMOYA 建设"。

吊车是用来吊起重型物件的大型器械，然而当时的我完全不懂，只是在离得稍远的地方茫然地望着男人们的工作。

留着小偷胡子的男人来到我身旁，朝我摆了摆手，驱逐我。

"很危险的，你走开点！"

我老老实实地往后退了几步。吊车发出了低沉的轰鸣声。随着一阵刺耳的金属声，公交车被微微吊起了一点——事已至此，我终于清醒了过来，心中满是难以言喻的不安和焦虑。

我声音颤抖地向着留着小偷胡子的男人问道：

"那、那个……你、你们要拿公交车做什么？！"

"看了还不知道吗？肯定是要带走啊！"

"要、要带到哪里去？带去之后又要干吗？"

"带到市里交给其他业者吧。至于干吗就不知道了。也许是销毁吧？"

销毁？这辆充满了和摇月美好回忆的公交车……

要被销毁？

我光是想象了一下，眼泪就止不住地流了下来。

"不要！我求你们了！不要销毁它……"

男人看着突然大哭起来的我，有些为难地皱起了眉头。

"虽然我很理解你的心情，但你本来就是非法占有啊！"

他以为我是一个流浪汉。

"不是的……不是这样的……求你了……"

我要怎样做才能把那如此漫长的故事和复杂的心情传达给他呢？

我不由得哀求地抱住男人的胳膊，他嫌弃地叫了一声，甩开我的手，怒吼道：

"都说了不行啊！我年轻时也经历过很多，多少能体会你的心情。不想工作是你的自由，可你别来干扰我们的工作啊！"

公交车被吊起，离地。影子也从公交车上被撕裂开来，掉落在了远处。

"求你了……不要带走它……不要带走它……"

我的大脑迟钝得像一团糨糊，除了像幼稚的孩童那样不停流泪之外，什么都做不了。

运输车载着那辆公交车离去了。

公交车消失后残留的大片空白使我痛不欲生。

3

我把自己关在家里，世上的一切都是那么痛苦不堪。

我隔绝了网络和电视，将手机关机，取下门铃，拒绝一切来客，用胶带在邮箱上贴出"我搬家了"。我囤积了大量的应急食品，关紧窗帘，将自己关在了暗无天日的房间里。

那是一段不分昼夜、不分季节、被无限拉长的时间。

我一直躺在床上，大概三天才会吃一口饭。每当渴得受不了了时，我就去喝自来水喝到快要吐出来。我已经错乱到即便不渴也觉得身体渴了。

为了尽可能多在梦中与摇月相见，我用铆钉在床头钉了好几张画，那是我和摇月的秘密基地，那辆废弃的公交车。我的每一天,都是为了做下一个梦而醒来。

每当我拉开窗帘,窗外都换了季节。四季在我的窗框里交替,宛若一场栩栩如生的魔术。我冷漠地注视着一切,像是一个不解风情的观众,即便看到魔术师以精彩的手法让花束开在空中,脑海里也只想着以一定的节奏吃爆米花。不对,也许窗外的四季才是观众,"唰"的一声拉开窗帘之后,我已经不在了,这个魔术叫"大变死人"。

世间万物,都在我面前或是在我心中空虚地掠过。

如同身体的某处开了一个致命性的洞,无论我看什么、吃什么、想什么,都会从那个洞里尽数流失。我渐渐地枯萎了。

我睡觉时转向右边,看见了一隅小小的角落。房间应该是完全密闭的,可还是能听到细细的沙砾在角落里缓缓掉落、堆积的声音。

我想,这就像是一片小小的沙漠。沙漠会以这种方式在房间的角落里产生,在没有任何人注意到的情况下渐渐扩张,最终覆盖整个房间,吞没一切。而我这个没有窗户的房间,会完全沦为一片没有月亮的沙漠。

我是一个迷失了方向的遇难者。夜空中没有星星，地上也不会有包着头巾的沙漠居民经过，甚至就连骆驼的粪便都找不到。我只能静静等待着自己逐渐干涸。

我打开 MacBook 的频率就和拉开窗帘的频率差不多。

每次打开 MacBook，我都会收到古田一封接一封的邮件。

"你还好吗？"

"还在写小说吗？"

"八云，我好想看你的新书啊。"

"你没有写小说吗？"

"你该不会已经放弃写小说了吧？"

"你不能放弃啊！不行不行不行！"

"八云，你是有写作才能的！快去写小说！哪怕是为了我也好！！！"

我搞不懂这个男人，他究竟是事不关己，还是对我有感情，又或是单纯以自我为中心。

4

蓦然回首，已经过去了两年。时间的流逝快得让人毛骨悚然。

我虚度了两年光阴，可是除了一屋子的垃圾以外，没能积累下任何东西。

我时隔两年打开了手机，各种消息如洪水般涌来，给我打电话的人只有古田和清水。我看了看信息，得知清水非常担心我。他几乎每天都会给我发"还好吗？""没事吧？"之类的消息。连续写了两年无法传达到的信，究竟会是一种什么样的心情呢……

一条信息引起了我的注意。

"我要和小林历结婚了！"

时间是一年前。清水给我发了许多条信息，希望我能出席他的婚礼，可是我却连看都没有看过。他们的婚礼在四个月前已经结束了。

就在这个时候，电话突然响了。

是清水打来的电话。也许是发现信息标为了"已读"，他急急忙忙地打来了电话。

我想成为你的眼泪

听着这持续鸣响的铃声，我的心脏怦怦直跳，拿着手机的手也在不停颤抖。

两年——这两年里，我孑然一身，没有和任何人说过话，我早已忘记了怎么说话。

怀着对清水的歉意和愧疚，我关掉了手机。

房间重归平静，静得让人害怕。

5

房间里囤积的食物都吃完了。我神志模糊地躺在床上，思索着接下来应该怎么办。

想要生存下去，必须出门才行。可是，我已经没法离开家门了。这两年里，失去摇月的悲伤丝毫没有得到痊愈，反而让我的身心衰弱到了极点。我不认为自己可以在外面活下去。

可是话又说回来，我究竟要为了什么活着呢？

迄今为止，都是因为摇月，我才能活下去。摇月在世界的某个角落为我弹奏着钢琴——即便仅此而已，她也将我拯救出来，感受到生存的意义。

既然摇月不在了，那我也没必要再活下去了。

于是，我动了寻死的念头。

心中完全没有恐惧之类的感情，仿佛世间从最开始就不曾存在过生与死的界限。

我尝试用力咬破舌尖，如同被打了麻药般，疼痛感来得迟缓。血液的味道蔓延在口腔中——还真出了挺多血的。

我站起身来，走到洗手间，偷偷看了眼镜子，我发现里面出现一个毛骨悚然的男人。

我惊讶于这个丑陋的生物真的是自己吗？头发长得不得了，胡须也乱糟糟的，皮肤如死人般苍白。尽管在床上睡到昏天黑地，可眼下的黑眼圈却依旧浓厚，眼窝深陷，眼神空洞，脸颊枯黄干瘦，仿佛能隐隐看到头盖骨的轮廓。我伸出舌头，鲜血便从舌尖一滴滴地落在白色的洗手台上。

我在心里对自己说："这世上再没有比你更丑陋的人了……"

为了芸芸众生，还是一死了之更好……

我从抽屉里取出美工刀，攥在右手，用左手揪出了舌头。

把冷冰冰的刀刃抵在舌头上，然后用力地……

就在这个时候，我产生了幻听。

"叮咚叮咚"……

我一下子失去了自杀的动力。太宰治的文章在我的脑海中复苏——"想要自杀，叮咚叮咚。"

不知为何，产生这样的幻听之后，我像小说里的人物那样失去了动力。这相当不合理，可我真的丧失了所有的动力。在无奈之下，我又躺回到床上，等着饿死。就在与被窝同样温暖的黑暗正要将我逐渐吞噬之时，"叮咚叮咚"再次响起。

什么？就连饿死都不行吗？连等死都失去动力是怎么回事？我疑惑万分，缓缓支起身子，思考着应该要怎么办。

我突然想起之前给摇月拍的录像。真要死的话，还是先把那个看了再去死吧……

我把那台收纳在衣柜里的摄像机取了出来，然后费劲地连上家里那台大到离谱的液晶电视。不知道是因为营养不良还是大脑萎缩，我就连连接电视都做不好，饱受挫折的我咬牙切齿地躺在床上，然后又一次起身从头开始捣鼓。不可思议的是，在我苦心钻研怎么接电线的时候，我居然没有听到那"叮咚叮咚"的幻听。

终于，电线接好了。

录像开始在电视屏幕里播放。

——摇月笑了。她在屏幕里微笑着朝我挥了挥手。

她坐在客厅的桌前，背景是大大的窗户、冬日的蓝天、纯白的墙壁以及如同橙子切面一般的挂钟。拍摄时间是十二月初，米勒导演造访后的一段日子，在米兰。"……拍摄还挺难的呢，我好像手有点抖。"

我听到了自己的声音。摇月轻轻地笑了。

"那今天就当是练习吧。"

随后，摇月往咖啡里倒入砂糖和牛奶，用勺子不断搅拌着马克杯中的液体。不知道是不是我那多余的艺术细胞作祟，录像是从正上方拍摄的。旋即，摇月的笑脸出现了。她啜饮着咖啡，我微微转动摄像机，拍下摇月的绝美侧脸。

我很喜欢摇月的侧脸。

下个场景切换成了摇月的背影。她穿着一条蓝色的围裙，系带是蝴蝶结模样。摇月依旧以令人无比怀念的节奏切着菜。我悄悄靠近摇月，她发觉后朝我转过半边身子，笑道："真是的，你在干吗呀？"结果，我的注意力转移到了被切开的蔬菜上，途中摇月还出现在了镜头里，她永远都保持着笑容。

场景又一次切换，变成了漫步街头的摇月。她步履轻快地穿过米兰的大街小巷。阳光反射在鳞次栉比的房屋窗户上，熠熠生辉。摇月柔顺秀丽的黑发在风中轻轻飞舞。即便只是漫步街头，却美得像是一部电影。

不对，实际上那就是一部电影。

导演并不是我，我不过是摄影师而已，真正的导演是——摇月。

从被拍下的那一刻起，视频就是无须剪辑的状态。

尽管摇月看起来只是随意地出现在镜头里，实际上她心中有着明确的剧本。

每当我的镜头对准摇月，她都一定会露出灿烂的笑容。每当她出现在画面中，嘴角始终携着温柔的微笑。即便之后没有了手指，再后来没有了手脚，那灿烂的笑容永远不会从画面中消失。

"我很幸福"——这就是摇月想通过这部电影表达的。从开始拍摄的那一刻起，摇月便从远方将那深切的思绪投向了此刻在看录像的我。

就像我和摇月一起看的《天堂电影院》，最后一幕中的吻戏镜头如同雨点般密集，而在这部电影里，摇月的笑容也宛若细雨蒙蒙，绵绵不绝。

我哭了。我明明是哭了，却一滴眼泪也流不出来。身躯干涸到无法流泪了。房间变成了沙漠，我变成了木乃伊。

电影逐渐接近尾声——我们婚礼上的录像，是清水给我们拍的。交换戒指，誓约之吻，切蛋糕，穿着西装出席婚礼的朋友们……

欢乐的婚礼仪式转瞬即逝。那之后我再没有用摄像机了。我沉浸在快乐的新婚生活中，可不久摇月就住进了临终关怀医院。

画面一片漆黑。

快乐的电影到这里就结束了。

电影院马上就要关门了——我甚至产生了这种如同影院广播般的幻听。

这时，空荡荡的屏幕中央突然亮了起来。

身穿睡衣的摇月出现在了画面里。轮椅上的她端坐在电子琴前，手上拿着灯光的遥控，金色的婚戒闪闪发亮。摇月说道：

"晚上好,八云。如果我没猜错的话,好久不见……"

我从电视上移开视线，望向房间的右侧，电子琴前早已空无一人。橙子切面一般的时钟孤零零地挂在墙上。我再次望向了电视。

"因为有八云你在，我现在非常幸福哦！"摇月露出了轻柔的微笑，问道，"八云，你呢？"

我呆呆地凝望着屏幕，连眼睛都不眨一下。屏幕里的橙子时钟所指向的时间和现在截然不同……

"八云，如果你现在很幸福的话，就马上关掉电视，下一秒把我给忘得干干净净。像是一只可爱的鸡先生，迈出三步之后就再也想不起任何事情[1]……然后，永远、永永远远地微笑着活下去。好了，你可以关掉电视了，请吧！"

1　出自日本谚语"鸡走三步就会忘事"，形容人记性很差。

摇月依旧优雅地端坐在屏幕里。她似乎在等着我关掉电视。

可现在的我一点都不幸福，甚至遗忘了幸福究竟是什么。

摇月轻轻地叹了口气，说道：

"如果，你还在继续看的话，说明你现在过得并不幸福呢……你知道吗，我这个时日无多的人，心中唯一的愿望就是你能幸福哦。真是的，好可惜……"

摇月垂下了头。我难过极了，对不起，摇月……

"八云，我能看见你哦。你孤零零地待在黑漆漆的房间里，饭也不好好吃，消瘦得不得了，连背都驼了，对吧？"

摇月直直地凝望着我。我那丑陋不堪的身姿仿佛要被她看穿，只能羞愧地扭动身体。

摇月的表情顿时柔和起来。那是带着些许悲伤、些许怜爱的表情。

"果然，八云没有我就不行呢……老实说，我还挺高兴的，虽然有点狡猾——不过，我不能再这样说了，我已经无法继续陪伴在你身旁了。可是，你还是要在没有我的世界里活下去才行。不知道我们有没有好好地道过别呢？搞不好真的没有呢。那么接下来，我们就来好好地道个别吧！"

我在摇月的指示下坐远了些，暂停播放后更换了电视机的位置，把那个花瓶拿到手边，花瓶里是已经变成盐的摇月——我对摇月言听计从。

"准备好了吗？接下来，我将为你创造一个奇迹，仅此一次的奇迹。然后，我们就永远地告别了。所以，请你全身心投入地去看，去感受。"

摇月做了一个深呼吸，说道：

"我想，对八云而言，这一定是人生中最为艰难的时刻。你一定孤零零地身处在那些可怕的黑夜里。所以，我想把你从绝望的黑夜中拯救出来，将你带回到阳光普照的世界。所以，我来了，我穿越时空来拯救你了。"

亮光倏忽消失，屏幕重新陷入黑暗。

随后，一道橙色的圆形灯光缓缓亮起。

我屏住了呼吸。

摇月真的出现在了房间里。

她坐在钢琴前，小小台灯的聚焦照亮了她的身影，摇月脸上依旧挂着温柔的微笑。

"八云，我来拯救你了。"

旋即，摇月浮现出如少年般的爽朗笑容。

"摇月……"我不由得朝着她伸出了手。可摇月阻止了我。

"你乖乖坐在那里，不准乱动哦，不然魔法会被解除的！"

魔法会被解除——确实如此。摇月不过是把灯光拧成了圆形，让四四方方的电视边框与黑暗融为一体，使自己看起来像是在屏幕里面，仅此而已。

非常简单的小把戏。只不过，对我而言这毫无疑问就是魔法。

摇月真的穿越时空来拯救我了。

"我想，接下来是我最后一次演奏了。在最后的最后，这是仅仅为八云你一个人的演奏。我已经没法很好地操控银臂了，大概也弹不出什么优美的音乐了。所以，接下来我要弹的这首曲子，是一首能让八云打起精神、重新迈步向前的开心的曲子。其实，这是我五岁时第一次写出来的曲子。虽然从音乐评论家的角度看，这首曲子真的非常糟糕，但我还是喜欢得不得了。正如我如此深爱那个如此糟糕的你。"

摇月开始了演奏。欢快激昂的音乐流淌而出。

这首曲子非常怪异，可是却那么欢快，仿佛让人迸发力量，朝着天涯海角一往无前。银臂偶尔会有些奇怪的动作，在曲中混入些许杂音。可是，摇月毫不费力地将杂音融进音乐里，让欢快的旋律更上一层楼，就像将孤零零蜷缩在角落里的孩子拉进来，成为自己重要的伙伴。

摇月仿佛在弹一台玩具钢琴。没有任何晦涩难懂之物。那是令人怀念般清澈透亮、响彻天堂的音乐。

就在这一刻，我的脑海中闪过了不久前那个怪异荒诞的梦。

我在窗帘紧闭、一片漆黑的房间里看着电视。

屏幕里的人是清水，他穿着我们婚宴上的那套西装，"啊哈哈哈"地笑着。紧接着，相田出现了，他同样穿着婚宴上的那套西装，把大拇指塞进耳朵里，不停扇动手掌，"哔哔哔"地吹着那个破玩具。随后，摇月的经纪人北条崇也出现了，他疯狂地笑着，不停按着相机的快门，闪光灯闪个不停。

我终于想起了那个梦的后续：

我进入了电视屏幕里面，成为拿着摄像机进行拍摄的人。

我们身处在一望无际的广袤花田里，天空是草莓牛奶般不可思议的粉色。

清水、相田、北条身后的队列排成了长龙，穿着婚礼时那套服装的小林历和坂本也在队列里面，所有人都在。每个人一到我的镜头前面，都会像一只小怪兽一样，活力四射，元气满满，做出搞怪的动作后回到队列里。队列后面还跟着许多人，高一班主任隅田老师、想要逃离福岛的关原、精神有点问题的精神科医生、在华沙机场里弹肖邦的体格健壮的男人、小金毛狗 Rhythm。大家都在队列里，像是一头头奇妙而又愉快的怪兽，无比欢快地行进。所有人脸上都是灿烂的笑容。

"八云！"

我转过身去，摇月穿着婚纱，满脸笑容地坐在轮椅上。

"我们也一起加入吧！"

于是，我大笑着扔掉了摄像机，用公主抱的姿势抱起了摇月，加入了行进的队列。这时，大魔王清水"啊哈哈哈"地笑着登场了，他轻轻松松地扛着一台大得吓人的三角钢琴。摇月高兴地笑着，用银臂随心地拍打琴键。优美的音乐流淌而出，我们排成祭典上的队列，一往无前，直至世界尽头……

梦中的摇月所弹的那首曲子，和如今屏幕里的摇月弹的是同一首。

我终于想起来了，做那个梦是在摇月失去银臂的三天前。毫无疑问，当天夜里，睡着的我听到了摇月的演奏。她的音乐潜进了我的意识，于是出现了这个无比怪异的梦。宛如早已变成化石的神话复苏了一般，那早已被我忘却了的梦也栩栩如生地复苏了。

即便是在梦里，相田还是一直"哔哔哔"地吹着那个破玩具，吵得不得了。小林历尽情地伸展着短手短腿，扮成了一只嗷嗷大叫的微型哥斯拉。六本木前辈真的升级成了千本木前辈，只不过比起人类，他更像一台高达。大家都蠢得不行，也开心得不行。"采女传说"里的春姬身着美丽的十二单[1]，和她打情骂俏的人想必是她的未婚夫次郎。回过神来，我发现浦岛太郎也在他们身旁。他坐在乌龟的背上，在天空中遨游，不停地挥舞着鱼竿，四处飞舞的鱼钩让人感觉有些危险。可爱的白雪公主被七个小矮人团团包围。仔细一看，许许多多的虚拟角色都在和我们一起行进：《JOJO 的奇妙冒险》里面的角色们高喊着"砰！""WRYYYYY[2]！"摆着标志性的姿势，剧画调[3]果然能调动气氛；迪士尼电影里的角色们做着与动画中如出一辙的动作，乐不可支。所有人脸上都是灿烂的笑容。

旁边还有位不停咳嗽的男人，尽管跟不上那些漫画角色，依然精神焕发地行进着，他身材瘦削，鹰钩鼻，

1 十二单是日本最为正式的女性传统服饰。
2 WRYYYYY 是《JOJO 的奇妙冒险》中的角色"迪奥"所发出的标志性叫声。
3 剧画是 20 世纪 50 至 70 年代流行于日本的一种黑白写实漫画，《JOJO 的奇妙冒险》的风格与此相近。

头发还是茶色的。我大吃一惊。

是肖邦。

和肖邦在一起的那位女性大概是乔治·桑吧，跟在他们身后的孩子应该就是莫里斯和索朗日。这两个人和肖邦之间有过那么多爱憎和纠纷，如今却莫名欢快地和肖邦一起行进。所有人脸上都是灿烂的笑容。

肖邦一家的身后是英勇的战士们，他们即便年龄尚小，还是戴着军盔，把钢枪扛在肩上。

那是在华沙起义里英勇战斗的男孩子们。

而在他们身后，是同样在华沙起义中死去的波兰人民和士兵，所有人手上都拿着枪。走在最前面的男孩子脸上写满了骄傲。波兰的战士们威风凛凛，温柔地把前头的位置让给了孩子们。这时远处传来了一声巨响，我看到城市也在行进，那是被德军摧毁殆尽的华沙古城。那美丽而又有些古老的街道陪伴在逝者们身边，大家一起向前进。实在是太好了，时至今日，他们也还是和最爱的故乡在一起。所有人脸上都是灿烂的笑容。

紧随其后的是日本人。虽然面容有些陌生，但也并非素未谋面——我是在网络和新闻画面里看见他们的——那是日本东北部大地震中的遇难者。

没能及时从海啸中逃生的人、为了救人而牺牲的人、在地震之后身体出现问题去世的人、难以承受那过分庞大的丧失之物而悲痛欲绝亲手结束自己生命的人……所有人都在队列里。大家都在被海啸和地震所摧毁的故乡风景的守护中，欢快地并肩前行。所有人脸上都是无比灿烂的笑容。

清水"啊哈哈哈"地笑了。摇月弹奏着钢琴。生者、逝者、故事都在并肩前行。我们是愉快的百鬼夜行。我们一往无前，直至天涯海角。我们是欢快又热闹的祈祷之列！

面前突然出现了一道断崖，地面从左往右分裂成了两半。

清水表示"轻轻松松"，我也点了点头。我们轻轻地跳了起来。就在这个时候，摇月的身体轻盈地飞了起来。钢琴也飞了起来。摇月一边弹琴，一边轻盈地飞向了蓝天。肖邦也飞了起来。乔治·桑和她的孩子们也都飞了起来。在华沙起义中死去的人们、华沙古城、地震中的死难者、他们的故乡和风景也都飞了起来。

逝者们愉悦地在蓝天中翱翔，生者们和故事们都决定在断崖的对岸落地，茫然地凝望着天空。

演奏终于来到了高潮。

让人目眩神迷的明亮光芒划破了蓝天，普照着大地。

我想，这就是天堂吧。大家都将飞往天堂。

一条小狗"汪汪汪"地叫着跑到了摇月身边，是喜欢她喜欢到会朝她尿尿的金毛 Melody。Melody 依偎在摇月的身旁，与她一同翱翔。摇月向它投去了微笑。这时，一台巨大的三角钢琴和一位气质优雅的女性也飞了过来。

那是田中希代子老师。

她应和着摇月的音乐，奏响了通透空灵的琴声。尽管老师曾经罹患胶原病无法弹琴，让人倍感惋惜，但此刻，她也自由、欢快地弹奏着钢琴。摇月能与自己尊敬的老师合奏，看起来也是无与伦比的幸福。

这时肖邦也加入进来。他弹的当然是普雷耶钢琴。即便是即兴演奏，才华横溢的肖邦老师就像是轻巧地搭上琴键，不动声色地将摇月五岁时的作曲升华得更加优美。

不仅如此，还有其他拿着乐器的人也加入进来，大家演奏了一首自由的协奏曲。

伴随着一声震天的吼叫，一只体形巨大的纯白色生物在地平线上探出了头。

那是一头纯白色的巨型鲸鱼！我不由得为之而震颤，那是我用摇月化成的盐画出来的鲸鱼。鲸鱼用背承载着逝者们，以头等舱将大家送上了天堂。我有些担心摇月，不知道天堂有没有灯呢？到了晚上她还能看乐谱吗？我这么想着，摘下脚边的铃兰花，轻轻把它撒上天空，铃兰花在蓝天之下翩翩飞舞，化作华沙的街灯照亮逝者们的身姿。天堂无所不有，一应俱全。

庄严的音乐回荡在天空，那是只有逝者方能弹奏而出的乐声。

这是多么高尚、温柔的音乐。

逝者们的灵魂是那么纯洁，他们肯定会被自己那美丽的灵魂所拯救。

我想，摇月会在天堂见到我的母亲吧。她们会在一个暖阳高照的地方相见，然后摘下一旁的橙子，一分为二，欢若平生地分而食之。

留在地面的我们高喊着，兴奋地挥手目送逝者们离开。虽然寂寞悲伤，可所有人脸上都是无比灿烂的笑容，我们以笑容祈愿逝者们得以安息。

我们又回到了热闹的祈祷之列，继续前进。这时，"叮咚叮咚"再度响起。

我疑惑地转过身去，看到木匠正挥舞着锤子建造新家。

"乒乒乓乓，叮咚叮咚，乒乒乓乓"……那是强而有力、富有节奏的声音。我们变成奇妙的乐团，穿过看不到尽头的花田。

伴随着悦耳的声音，那些嘈杂的生活杂音，成为我们祈祷的音乐。

崭新的街道也追上了我们……

我畅快地睁开眼睛，甚至潸然泪下。

我感觉心中某些绝对无法得到拯救的思绪，此刻都被摇月治愈了。早在那个时候，在睡梦中听到摇月演奏的时候，我就被她拯救了。只是我事到如今才终于回想起来而已。

摇月结束了演奏，转身朝向我。她的脸上是如同女神般慈爱的表情。

"我的演奏怎么样？我祈祷能让八云打起精神，能将你拯救，倾注了全部心意。"

我不停地点头，一遍又一遍地点头。可是，我却流不出一滴眼泪。

就连这一点，摇月仿佛都早有预料，她说道：

"八云，如果你此刻虚弱到连眼泪都没法流出来，那请你抓起一把我那已经变成盐的身体吃下去。我想成为你的眼泪。我愿化作你眼中咸涩的泪水，将你心中的深切哀愁尽数洗刷，将你带向明天，将你带回阳光普照的世界。然后，我想成为你的生命……"

我凝望着那个装满盐的花瓶，然后抓起一把，用颤抖的手指送到舌尖。

好咸。然后，好痛。

我终于想起了眼泪的味道。

此刻，迄今为止我所落泪过的全部记忆都在顷刻间复苏。那些悲伤的眼泪、悔恨的眼泪、高兴的眼泪、惊讶的眼泪、痛苦的眼泪，甚至在打哈欠时流出的眼泪，全都无比怀念、无比怜爱地复苏了。我空空如也的脑海仿佛顿时被鲜艳的花束所填满了。

可是，就像面对那太过耀眼的光芒，让人感到目眩流泪一般，那太过鲜艳的记忆之花也让我双眼迷离——我哭了，放声大哭。

在如同沙漠般干涸的房间，我的眼泪有如洪水暴发。

"八云，今后你就没事了……"摇月好像能看到我的实际反应，"你一定能面朝未来，坚强地活下去的。那么，我就先回到过去了。"

小台灯的灯光熄灭了，一切重归黑暗。

然而，房间里的灯光又重新亮起，摇月回到了电视机那四四方方的屏幕里。

她脸上的表情有些寂寞。

"奇迹是仅此一次的。所以，你以后都不准再看这个视频了。那，再见了……"

就在这个时候，电视里传出了我在大喊大叫的声音。摇月吓了一跳，转身望向寝室。过了一会儿，她再次转过身来，忍俊不禁。

"八云，你刚才在说梦话吗？说了什么呢？"

我想起来了，当时的我在梦里大喊大叫。

"摇月，你的演奏果然是最棒的！"

摇月笑着朝我挥了挥手。

"再见了，八云。要打起精神来哦。不要感冒了。等你变成一个帅气的老头子，再来和我相见吧！"

就这样，视频结束了。

我想，我要活下去了。

然后，我要写小说，我要把摇月写进我的小说里。

我要把在顷刻间救活了我那行将就木的心的摇月写进小说里。

6

我下定决心，走出家门，来到了外面。

阳光很刺眼。我紧闭眼眸，将手挡在脸前。骄阳依旧耀眼，眼泪从我脸上不断地滑落。我一点点地睁开了眼睛。

天空一片湛蓝。

樱花的花瓣在空中翩翩起舞、纷纷扬扬，它们是从对面的邻居家里乘着风儿飞来的。浓郁的春天气息让我喘不过气来。

那是春天的味道。这已经是我闭门不出后的第三个春天。

向前迈出一步，强烈的头晕便立刻袭来，我摇摇晃晃地用手扶住墙壁。我有些担心自己那皮包骨一般过分纤细的手臂会不会断掉，膝盖也在不停地发抖。我再次向前迈出一步，双腿如同灌了铅一般沉重。我强撑着不让自己倒下。要是在这里倒下的话，我想我就再也没法站起来了。我一步一步地向前缓缓迈进，就像是在沼泽中艰难前行。我走上了马路。来来往往的汽车都在飞快地穿行。尽管我和它们离得很远，但我还是被吓得不轻，差点都站不稳。我完全跟不上这变幻莫测的世间了。

面对这过分的恐惧、自己的羞赧以及阳光的温暖，我的眼泪一直流个不停。

可即便如此，我还是咬紧牙关，一步一步地向前迈进，终于抵达附近的便利店。尽管不过区区百米距离，我却无比疲劳，宛如从奈良跋涉过来。

便利店的自动门打开了。店员朝我打招呼说"欢迎光临"，可见到我之后，对方也吓了一跳。这也怪不得人家，我的头发在狂野生长中完全将脸遮住了。身体瘦得皮包骨，还喘着粗气，一副半死不活的样子。想必店员也没见过哪个客人会是这般毛骨悚然的模样。我四处环顾，走向卖便当的柜台。店里的客人有些愣愣地望着我。然而，我却在心里想着"与我何干"。我就像一头怪兽，尽管丑陋不堪，可还是被摇月拯救了。

我往购物篮里塞满了食物，拿到了收银台。留着褐色头发、左边耳朵戴着三只耳环的女店员半分呆滞、半分害怕地给我扫描着条码。

我还有一件事情必须告诉她，但是，我忘记怎么说话了。

我当场练习了起来。宛如风儿吹过树洞一般的声音从我的喉咙里传出来。再来一次。这一次我发出了像是双簧管那样的"la"声——调试完成。于是，我开口说道：

"请给我一份全家炸鸡。"

7

拉面、荞麦面、三明治、咖喱猪排、猪肉盖饭、鸡肉盖饭……

我几近疯狂地进食。尽管常年的少食导致我的胃部萎缩了不少，但我还是花了很长的时间想尽办法填饱肚子。我必须将自己油尽灯枯的身体恢复正常才行。

吃完东西之后，我坐到桌前打开 MacBook，给古田发去一封邮件。

"不好意思，让您担心了。我还在写小说，等写完了请您第一个来看。"

我感觉刘海非常碍事，便来到了洗手间，拿起那把打算用来割舌自尽的美工刀，麻利地剪掉了不少刘海。细致打理还是过后再说吧。我现在无比想写小说，哪怕快一分一秒都好。

回到桌前，古田给我发来了回信。

"谢谢你！我一直都在等着你！！！"

我潸然泪下，也给清水发去了信息：

"清水，让你担心了。抱歉没能出席你的婚礼。谢谢你给我发了这么多信息。从今往后我会一点点地重新振作起来，等有机会我一定会去见你的。"

清水马上发来了回复：

"嗯！小云，我等你等了好久了！"

原来，我身边还有这些如此温柔的人。

我开始写起了小说。

我从自己被告知母亲罹患盐化病开始动笔。两年以上的空白让我的文笔和大脑都完全生锈了，我只能写出小学生一样的文章。文笔之拙劣，甚至比不上小学一年级的我。语法、文理都不顺畅，导致小说晦涩难懂，仿佛每句都不怀好意地藏着石头，打算绊倒读者，情感更是不见分毫，这就像是一本晦涩难懂的洗衣机说明书被伪装成了小说。

这样没法表达出摇月的温柔。于是我一遍又一遍地重写。

从第二天开始，我恢复了正常的生活。打开窗户，打扫房间，好好吃饭，每天出门散两次步。除此之外，剩余的时间我都在努力写小说。

不经意间，季节已然变换。

十月十七日，又到了摇月和肖邦的忌日。摇月已经离开我三年了。

我收到了一封来自老熟人的邮件。发信人是银臂的制作者埃米尔先生。

他那招牌般的漫长寒暄后附上了一个网址链接。我点开链接，弹出来的是一个视频网站。视频被设置成了只对部分人公开，也就是只有我能看到这个视频。我在极度的紧张与期待中点开了视频。

摇月出现在了屏幕里。

她身着一袭纯白礼裙，戴着银臂，向镜头行了一礼。摇月把面包超人的玩偶放到钢琴上，开始弹奏起《船歌》。摇月的琴声是摄魂夺魄般的优美，我听得入迷。演奏结束之后，摇月起身向观众致谢。我的眼中噙满了泪水，不由得鼓起了掌。

视频中的画面切换成了我和摇月、米赫以及埃米尔先生一起拍的纪念合影。我们脸上都洋溢着幸福的笑容。米赫在一旁紧紧地抱着摇月，湛蓝的瞳孔中闪耀着光芒。摇月则轻轻地搂着她的肩膀。

镜头缓缓地聚焦在米赫脸上。她那在镜头中的脸庞开始渐渐变模糊，切换成了一位退去稚嫩的少女面容。

少女出落得美丽非凡。一头金色的卷发、白皙的皮肤，脸上有可爱的雀斑，还有那依旧闪耀的湛蓝瞳孔。

我不由得睁大了眼睛。米赫在这三年里长大了不少。

镜头缓缓地拉远了。

我惊讶地屏住了呼吸。银臂在米赫的双手上熠熠生辉。也许是新型的银臂，它看起来比以前更加精致和美丽了。而摇月当时送给米赫的那个"护身符"——面包超人的玩偶被她紧紧地抱在怀里。米赫身上的礼裙和那天一样，都是鲜艳的蔚蓝。

米赫露出了灿烂的笑容，用有些笨拙的日语说着：

"你好，好久不见。我是米赫·卡明斯基。今年九岁了。一想到距离那天过去了三年，我就觉得很难相信。三年前的那天，摇月老师给了我爱和勇气。在那之后我能好好地去上学了，也能好好地学习了，还交到了好多好多的朋友。

"后来，爸爸给我做了银臂。之后的每一天，我都在练习自己最喜欢的钢琴。虽然一开始完全弹不好，也有过沮丧的时候，但只要看到面包超人，我就得到鼓励，继续笑着努力下去。比起一日三餐，现在的我更喜欢钢琴。我最喜欢钢琴了。

"这都是摇月老师的功劳。她离开后我非常难过，哭了好多好多天。后来我想到……"

米赫把银色的手掌放到了心脏的位置，接着说道：

"老师永远都活在我的心里……

"她永远都在我的心里，为我弹奏出优美的琴声。

"只要这样相信，所有的风儿都会变成老师的音乐。

"今天，为了让天堂里的摇月老师也能听到，我要虔诚地弹奏一曲。"

米赫把面包超人的玩偶放到三角钢琴上面，坐了下来。

清亮透彻的阳光从她左后方的窗户里投射进来。

米赫做了一个深呼吸。然后，银臂无比顺畅地动了起来。

静谧而又有力的一个强音，向着威尼斯划去。

黑键的伴奏宛如一艘摇摆中的小舟。

我的眼泪夺眶而出。

是《船歌》。

优美的旋律流淌而出，通透澄澈、无比可爱的音符连接在了一起。宛如珍珠与泪滴一般美丽的声音颗粒闪耀着飞上了蓝天。

先天性前臂缺失的米赫为了操控银臂，想必一定吃遍了苦头。由于压根没有操作过前臂的记忆，米赫很难控制好自己的肌电信号。可是，米赫没有展现出丝毫的苦涩。她的琴声无比优美，自然得仿佛从一开始便与钢琴一同降生。

摇月的身影在我的脑海中掠过。初次相遇的那天，她弹奏钢琴的身姿甚至让我以为是春日蓝天的一角随心地降临到了人间。

米赫的身影和当时的摇月重合在了一起。

米赫一定听过无数遍摇月的演奏。为了自己有朝一日也能像摇月那般演奏出优美的琴声，她日复一日，如同祈祷般地在弹奏。

因此，米赫的琴声是从摇月那里继承而来的。一如摇月的琴声也是从田中希代子老师那里继承的那样。

而田中希代子老师的琴声一定也是从某人那里继承的。宛若富士山的冰雪融水在大地的打磨下变得清澈而透亮，那是在漫长岁月的打磨下，流芳万世的祈祷之音。

我想，这就像是命运在奏鸣。

天堂里的摇月，一定也能听到吧。

8

我写了一封长长的邮件去道谢，想必埃米尔先生一定会让朋友一五一十地翻译出来吧。埃米尔先生是一个温柔又爱哭的人，所以他也一定会掉眼泪吧。我想象了一下那幅画面，甚觉欣慰。

第二天我便收到了埃米尔先生长长的回信，他在里面问道：

"我想把这个视频向社会公开，您意下如何呢？我觉得这会给无数人带来勇气和希望。可是，我有一个顾虑。由于银臂会在下个月正式发售，这个视频大概率会变成广告，成为银臂强有力的宣传素材。我不想将摇月小姐作为消费对象。实在是进退两难……"

我想起了地震之后摇月那张专辑封面的事情。那个时候地震被包装起来，被商品化、被消费了。如今的情况和当时相像，会引起问题也在所难免。

利用摇月和米赫之间那独特的关系来赚钱，这样真的好吗？

我的回答没有任何犹豫。

"请您公开吧。就算变成广告也无妨。银臂早已超越商品，成为给无数人带来希望的艺术品。摇月也通过银臂重燃了希望之光。我亦是如此。倘若能给千万人带来希望，我想摇月的在天之灵也会感到骄傲的。您无须给我什么宣传费用，这是一件流芳万世的好事。"

这也是一种选择。向外界输出信息和被外界消费本就一线之隔。重要的是，思绪不可能永远都只传达给自己想要传达的人，在此过程中产生金钱瓜葛、无意中遭到他人的恶意中伤也并不奇怪。

不过这也无妨。正如同藏于花束中的大炮一般，将他人的消费咽下半分，让"炮弹"飞得更高、更远就可以了。让"大炮"成为他人面对困难与绝望时的武器就可以了。

视频公开之后，迅速引发了讨论，其扩散规模之大令人难以置信。

我收到了来自世界各地的众多评论。

"我上个月由于事故失去了双手，心中满是伤悲，可是现在我充满了希望！"

我读着这条用英语写的评论，感动不已。银臂在发售后便被一抢而空。银臂向这些急切渴望手臂的人伸出了援手，伸出了那价格低廉、美不胜收的银色双手。银臂在今后肯定也会继续给其他人带去希望。哥白尼科技公司后来还向东日本大地震、熊本地震的赈灾委员会以及其他诸多团体都捐赠了大笔善款。

9

不久后，我定下了小说的标题。

宛如一个从水底缓缓升腾而起的泡泡，这个标题极其自然地浮现在了我的脑海深处。

《我想成为你的眼泪》。

这是摇月向我说过的话。我知道，这才是故事的核心。

那之后，我无比自然地编织出了话语，不过是把本就存在于某处的故事重新组织而已。在写作过程中，我依旧伴随着烦恼与痛苦，甚至是数不清的落泪与祈祷。我祈祷自己可以救赎摇月的灵魂，救赎逝者们的灵魂。我祈祷我能救赎读过这个故事的人们的心。而这祈祷般的写作过程，最终也成为自己的救赎。

一个月之后，我终于完成了初稿。

我被心中的成就感所震撼了。我终于写完了自己应该写的故事。收笔之后，我才终于明白为何摇月要在人生的最后一段时光里，急速地对自己进行"故事化"。

因为故事可以拯救一个人。

摇月通过"故事化"拯救了自己，甚至连同我也一并拯救了。

每当陷入深深的虚脱，我都会重整旗鼓，一遍一遍地推敲，直到将小说打磨到最佳状态。

然后，我压抑住几近疯狂的心跳，将小说发给了古田。

"让您久等了。我终于完成了新作。请您第一个来看。"

古田马上发来了回信：

"真的等你很久了！！！谢谢！！！谢谢你！！！"

那是一段无比紧张的时间。一小时过去了，两小时过去了……

以前古田看我的小说看得飞快，唯独这次看得甚是仔细。我坐立不安，三小时后古田终于发来了回信：

"无与伦比！这是一本杰作！我要帮你拿去投新人奖。你一定能得奖的！"

我如释重负地长舒了一口气，回复他：

"非常感谢！"

"要说感谢的人是我才对。作为第一个读到这个故事的人，这是我的无上荣光！"

我心头发热，几欲落泪。我将脑袋靠在椅背上，凝望着天花板。窗外是冬日晴天，太阳暖洋洋地照耀着我。

我久违地清闲了下来。

10

我百无聊赖地四处闲逛，在脑海中思索下一部小说应该写些什么。

这时，我突然想到——那辆废弃公交车，最后怎么样了呢？

我去咨询了带走那辆公交车的"OMOYA 建设"公司，得知了它出乎意料的去向。

我一边做着不久后去见那辆公交车的准备，一边等待着时机。虽然下一部小说有些难产，但我心中没有丝毫不安。因为我相信，《我想成为你的眼泪》一定会得奖的。

就算真的没能得奖，重新再写一遍就可以了。就像华沙古城和地震灾区那样，即便从零开始、从负数开始，无论多少次都好，只要回到原点，从头再来就可以了。

那么，这个故事也要回到原点，从头再来了。

我并不想成为他人灵魂的一部分，也不想成为血肉这种过分浮夸之物。

　　果然，我心中的想法也和摇月一样——

　　我想成为你的眼泪。

尾声

　　深深地，深深地，我们朝着海底不断下潜。海水逐渐变得昏暗了起来，颜色也渐渐变深……

　　我们终于到达了水深三十米的海底。由于天气阴沉，大海中的视野很糟糕。有机物碎屑纷纷扬扬，我如同置身于冬日雪夜一般。

　　我向清水示意，打开了手电筒。

　　那豁然开朗的光照亮了沉入海底的废弃公交车。它漆黑而又庞大，车身遍布藤壶，看起来令人毛骨悚然。

我在胸前给清水打了个手势，表示"不是这一辆"。

清水点了点头，向着右侧缓缓游去。

另一辆废弃公交车出现了。

"人工鱼礁"。

这就是被沉入海底的废弃公交车的真面目。将人工造物沉入海中，让它们变成鱼儿的住处，促进它们的繁殖。这个地点沉了五辆废弃公交车，它们的车头朝向西南偏西的方向，一字排开。那些叫不出名字来的鱼儿在公交车里一动不动，屏气凝神。

就在这个时候。

找到了！——我终于在最角落的地方找到了那辆令人无比怀念的废弃公交车。它那可爱的脸庞掩埋在各种贝类和海草里面，此刻看起来像是在香甜酣睡。

我向清水示意，他心领神会地点了点头，停在了原地，让我独自前往。我也朝他点点头，游到了公交车驾驶位左侧的入口。公交车所有的门窗都被拆除了。四四方方的入口处敞开着。

我闭上双眼，任凭思绪飞驰，缓缓地进入内部。

公交车里正值深夜。

那个冰冷刺骨、一片死寂的冬日夜晚，窗外的月光冷若冰霜。大雪无声纷飞。

少女孤零零地啜泣着。对她来说，那是人生中最为可怕与孤独的一个夜晚。

少女的身影是当年那个被遗忘在时间夹缝中、无比寂寞的白色背影。

我变回了儿时模样，走在吱吱作响的木质地板上。

我来到摇月面前，她惊讶地抬起了头。

"让你久等了，"我微笑着说道，"我穿越时空来拯救你了。"

摇月睁大了眼睛，她问道："这是怎么回事？"

"我用了一个只有小说家才能用的小把戏。就像你用了一个小把戏穿越时空，去未来将我拯救。我也穿越时空回到过去来拯救你了。你知道吗，摇月，我为此还写了一本很长很长的小说。"

摇月略微歪着头，有些不解地说道：

"虽然不是很懂，但不可思议的是，我好像又能理解……"

我向摇月伸出了手，说道：

"摇月，我们走吧。无论天涯海角，我都与你一同。首先，我们去……"

"猪苗代湖。"

摇月这么说着，露出了灿烂的微笑，站起身来。

随后，她坚定地握住了我的手……

我和清水从海里爬了上来，擦干身体躺在船只的甲板上。

清水的义肢闪耀着银色的光芒。那是埃米尔先生公司的新作——银臂·LEG。正因为有了它，清水才能和我一起潜入海中。我深深地感到，漫天繁星的邂逅着实是一件不可思议之事。

天空早已在不知不觉间放晴了，此刻风和日丽。海鸥们在蓝天下翱翔。

"清水，谢谢你。"

"不客气，我们可是朋友啊。"

"谢谢你，能成为我的朋友。"

清水点了点头，过了好一会儿，他轻声细语道：

"你的小说，如果能出版就好了……"

"嗯。不过，就算没能出版也没什么大不了的。"

"啊？这样吗？"

看着满脸困惑的清水，我轻轻地笑了。

"如果没能出版，那我到时候就去写那些无益也无害的恋爱喜剧。"

一群海鸥朝着大海的尽头飞去。

我们把变成盐的摇月撒进了海里。一如我抛撒母亲的那个时候，我把摇月一点点地捧在手上，一点点地撒入海中，最后把数不清的花儿也给抛进海里。望着空空如也的花瓶所产生的空白，我再也不会感到疼痛了。

凝望着那些在海浪中随波逐流，渐渐漂远的花儿，我遥想着未来。

今后，我会如何呢？

今后，福岛又会如何呢？

我不得而知。可尽管如此，只要一切都好起来就可以了——被摧毁的城市只要再次重建就可以了；没有学生的小学只要等孩子们都回来就可以了；失去重要之物的伤痛只要得到治愈就可以了……

我想，一定都会好起来的。失去某些东西的空白不会永远伤痛下去。历经漫长时日，"ZAL"也终有一日会得以治愈。以祈祷填补内心，便会有比过往更加美丽的东西出现在眼前。

就像穿着义肢打出本垒打的清水那样。

就像凤凰般涅槃重生的华沙古城那样。

就像以银臂奏响天籁之音的摇月那样。

就像奏响那空灵祈祷之声的米赫那样。

成为素不相识的陌生人心中新的希望。

不知道我写的这本小说以后会被谁读到呢？但愿能让很多人都读到吧。希望我的小说能像音乐般流淌而去，一半遭到消费，一半留得珍贵。拯救唯有小说方能拯救的某些东西，即便只是一分一毫也好，倘若能让读到的人"明天会更好"，那便是我的无上喜悦。

我并不想成为他人灵魂的一部分，也不想成为血肉这种过分浮夸之物。

果然，我心中的想法也和摇月一样——

我想成为你的眼泪。

后记

本书的出版得到了许多人的协助。

小学馆的各位工作人员、为本书写下书腰推荐语的第十六届小学馆轻小说大赏特邀评审矶光雄导演，鼎力相助的责任编辑滨田先生，为本书绘制了精美封面和插画的柳末老师，为我详细讲述肖邦国际钢琴比赛的第十八届参赛选手今井理子小姐，阅读本书之后给予我鼓励的朋友，伟大的先驱者，在这个故事里的登场人物，借此机会，向大家由衷表示感谢。

今后我会奋发图强，努力写出更多有趣的小说。

真的非常感谢你们。

另外，在本书甲子园相关情节中登场的高中名字都是真实的，但是义肢击球手清水并没有对应的原型人物，特此说明。

参考书目

《天才肖邦的心脏—肖邦的信件》肖邦 著 原田光子 译（第一书房）

《肖邦—藏于花束中的大炮》雀善爱 著（岩波少年文库）

《维庸之妻》太宰治 著（新潮文库）